3

선왕의 연회장

산수화 판타지 장편 소설

http://www.bbulmedia.com

http://www.bbulmedia.com

신의 반란

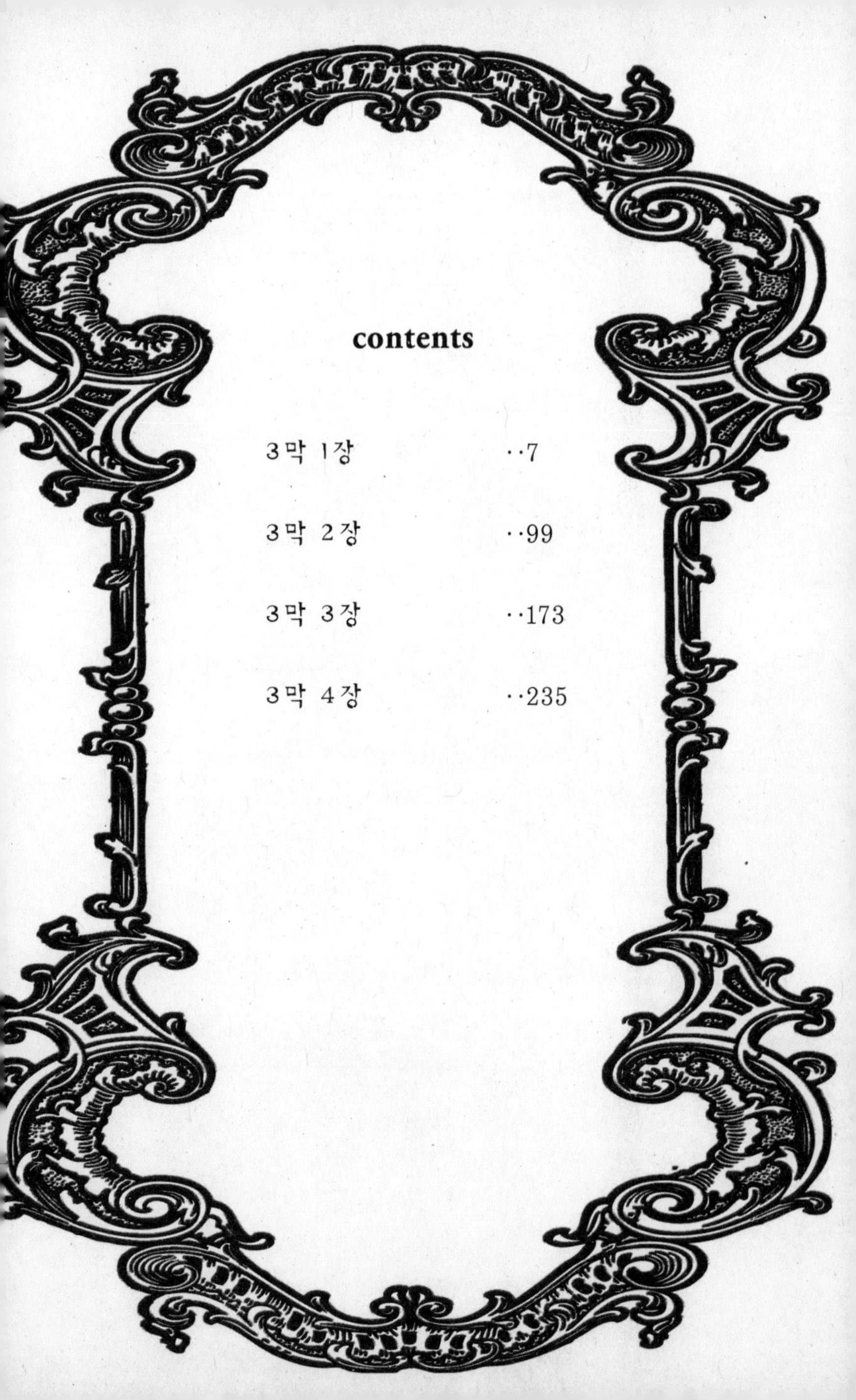

contents

3막 1장

맹수들은 동족이라도 자신에게 피해를 가한다면 냉정하게 죽이고 배척한다.

특히 자연 최고의 포식자라는 호랑이와 사자들은 자신의 씨를 퍼트리기 위해 혹은 경쟁자를 줄이기 위해 어린 동족들마저 살해한다.

그러나…… 그들도 생명을 잉태하여 부모가 되면 무엇보다 우선시하는 자신을 버리고 새끼를 위해 목숨을 내놓는다.

성을 짓고, 무기를 만들며, 고등한 교육을 받아 세상의 이치를 알아가는 인간들이라 한들 맹수들과 다를 바가 없으리라.

되레 이성이라는 선물을 포악으로 치장하여 권력이라는 환상 제단 앞에 혈육조차 죽이는 인간들은, 진정 짐승보다 나을 것 없는 종(種)이 아닌가.

나는 오늘도 짐승들의 서글픈 눈동자를 바라보며 그들보다 흉악해진 인간들의 무정을 깨닫는다.

아버지 역시 나와 같은 심정이셨을까?

—신수마부의 장남이 남긴 일기 中

세상의 광활함이란 평범한 사람이라면 어리석은 이의 우론으로도, 현자들의 선문답으로조차 명확히 판단할 수 없을 정도로 이미 많은 이들에게는 인정이 되고 있는 바였다.

거의 평생을 유랑하는 여행자들도 세상 전역을 밟아 보지 못한 경우가 대다수이며 과거 위대한 여행가라 불린 란젤이란 인물조차 광한수림을 제하고서라도 북쪽의 끝이라는 체즈라시아에 발자국을 남기지 못했다.

굳이 전 세계를 모두 밟아 본 이를 꼽으라면, 그

것은 인간의 영역을 넘어서 이제는 실존했는지조차 의심스러운 용이나, 지혜로웠던 과거의 귀신들을 언급해야 할 것이다.

그토록 넓은 세상인 만큼 아직까지 인간의 눈에 포착되지 못한 무수한 생물들도 많기 마련이고, 기현상들도 못지않게 많으며 온갖 위험 요소는 물론 절로 찬탄이 나올 만한 자연의 셀 수 없는 예술적 면모들도 즐비하다.

이제 황혼에 접어드는 나이, 인생의 절반 이상을 귀족성을 위해 던졌던 걸라비는 희망의 성 전사들에 비하긴 어려워도 상당한 여행을 경험했고, 대개 나이 많은 이들이 그러하듯 무수한 경험으로써 자신을 단련시킨 사람이었다.

주변 사람들은 걸라비를 향해 귀족성에서도 손에 꼽힐 만한 지혜를 소유한 이라 했으며 그는 그에 대해 굳이 겸양을 떨 필요도, 과장을 할 필요도 없다 여겨 묵묵히 입을 다물고 있었다.

그는 그런 인물.

그러나 그런 걸라비도 눈앞에 존재하는 거대한 나무를 보며 도무지 어떤 감정을 가져야 할지 혼란

스러워했다.

물론 단순히 큰 나무들이야 세상 도처에도 널리고 널렸다고 생각하는 그.

그는 실제로 무수한 땅을 밟았고, 그만큼의 경험과 그만큼의 풍경을 두 눈에 담은 전적이 있었다.

하지만 이 나무는 다르다. 나이가 들어 예전만큼 기억력이 좋지 못하다지만 그는 단언컨대 눈앞의 나무보다 거대한 나무가, 눈앞의 나무보다 신비로운 나무가, 눈앞의 나무보다 마력적인 나무가 있다는 걸 믿을 수 없을 지경에 이르러 버렸다.

그건 일종의 환희에 가까운 감정. 초월적인 어떠한 것을 본 미비한 인간들이 가지는 감정. 두려움도 조금이나마 섞여 있다는 걸 스스로도 부정하기 어려우리라.

거의 바다라 불리어도 딱히 이질감을 느끼기 힘든 어마어마한 너비와 길이의 도로모 강을 건너고, 추위와 맞서 싸우며, 새하얀 얼음 동굴을 뚫고 도달한 이곳에는 홀로 고고한 존재감을 내뿜는 압도적인 자연의 환상이 있었다.

외따로 떨어진 자그마한 얼음 대륙 체즈라시아

를 제외하고, 세상의 끝이라 알려진 이 북방대륙은 예로부터 무자비한 자연환경 때문에 제대로 된 지명조차 붙여지지 않은 땅.

혹독한 추위로 인하여 그보다 조금 남방에 사는 이들—여전히 추위로 몸살을 앓는 땅이지만— 중 몇몇 이는 '순백의 공포' 라느니 '얼음 지옥' 이라느니 말들이 많지만, 대다수의 사람들이 '설화(雪花)의 땅' 이라 부르는 이유는 과거 위대한 모험가로 알려진 란젤이 이곳에서 얼음으로 만들어진 꽃 수천 송이를 발견했다고 하는 데에서 시작되었다. 그 얼음 꽃을 한빙화(寒氷花)라 한다.

그러한 '설화의 땅' 에서 마침내 걸라비는 세상 모든 생물들의 생사를 관장한다는 신의 다른 이름을 발견한다.

절대로 만져서는 안 될 것 같은 순수한 백색의 몸체는 흔히들 생각하는 백색과 달리, 가능성 외에 어떠한 색도 가지지 못한 평범한 백색과 달리, 종말의 흑색보다도 더한 완전성으로 자신을 뽐내고 있었다.

어지간한 성채만 한 크기의 거대한 나무는, 그러

나 그 어떤 성채도 비교되기 어려운 고결함과 엄격함을 자랑했다.

수십 가닥으로 뻗어 나간 가지 하나하나는 어지간한 나무의 몸통보다도 두껍고, 잎 하나 없기에 되레 완성된 천연 미술품이라 해도 부족함이 없었다. 잎이 있어야 할 자리에는, 흩날리는 눈송이와, 파편처럼 깨지고 일그러진 한빙화의 몸체가 무엇보다 아름다운 장신구가 되어 가지들 사이를 떠돌고 있었다.

하얗고 푸르른 세상 속에서 놀랍게도 지나치리만큼 부각되어 보이는 순백의 거목이 당당한 시선으로 걸라비를 내려다보았다. 걸라비는 그렇지 않아도 차가운 몸에 소름까지 덧씌워진 걸 느낄 수 있었다.

이 땅 위를 걷고 기고 달리며 살아가는 모든 생물들의 생사를 주관하는 단 하나의 생물체. 부동(不動)하는 식물임에도 놀라우리만치 유동적인 세상의 변화를 주시하며, 지시하고 과시하는 중추적인 백색의 거목.

전설로만 알려져 실제 있는지 없는지도 모른다

는 환상의 다른 이름인 생사목(生死木)이 앞에 있었다.

"내 살아서 이와 같은 전설을 두 눈으로 목도하게 될 줄이야 상상도 못했구나."

감탄 어린 걸라비의 표정에는 이제 한 점의 두려움도 남아 있질 않았다.

오로지 경탄과 환희만이 존재하는 그의 얼굴은 나이테처럼 그어진 수많은 주름들조차 빛나 보이도록 만드는 작용을 했다.

당연하다는 듯 쏟아지는 눈보라도 생사목에 치장만이 되어 줄 뿐, 초월적인 식물의 위엄을 손상시키지 못하고 피해 가는 듯했다.

사람들은 죽음을 관장하는 신을 보통 사신(死神)이라 부르지만 생사목은 삶과 죽음 모두를 관장하는 절대적인 진리를 한 몸에 담았기에 사신이라고도 불리기 힘들다. 그저 신(神), 신의 다른 모습이며 그 자체라고 해야 할까.

얼음만이 가득한 곳에서 오롯이 서 있는 나무의 모습은 감탄과 경의, 어색과 공포 그 모든 자극적인 감정을 이끌어 내고 있었다.

작고 왜소하며 아무런 힘조차 없는 인간이 신과 만날 수 있는 기회가 얼마나 되겠는가.

인간의 틀을 벗지 않는 이상, 그것 앞에 있을 수 없으리라.

걸라비는 점점 즐겁고 흥분되는 가슴을 진정시키기 어려웠다.

"보통 날씨가 아니오, 걸라비. 그렇게 계속 서 있다가는 얼어 죽을 거요. 저 안으로 들어가십시다."

황혼에 접어들었음에도 강단 있어 보이는 걸라비와는 달리 계필번은 허리가 굽고 호리호리한 체형의 전형적인 노인이었다.

외향만으로 사람을 판단하는 상당수의 우매한 이들은 계필번에게 어떠한 특별함도 발견하지 못한 채 흥미를 잃어버릴 것이 자명하지만, 걸라비는 계필번이 결코 만만한 사람이 아님을 예전부터 잘 알고 있었다.

당장 허약해 보이는 몸으로 이 추운 극지방까지 온 것만으로도 그는 충분히 대단하고 존중받을 가치가 있는 사람이다. 물론 노인에게 있어 그러한 위업 아닌 위업이 존경까지 받을 필요는 없다고 걸라비는 생각했다.

걸라비는 고개를 돌려 다시 한 번 이 위대한 식물을 바라보았다.

얼음과 추위밖에 없는 이곳에서 거대하다는 말조차 흠이 될 만큼의 거대함을 자랑하는 나무가 있다는 것만으로도 놀라운 일이다. 그는 작게 고개를 끄덕였다.

"그럽시다."

발길을 돌린 걸라비의 옆에 찰싹 붙은 계필번은 막강한 추위에도 아랑곳하지 않은 채 너털웃음을 지었다.

"그나저나 놀랍소. 저 이글루라는 것, 생각보다 훨씬 안온하지 않소? 허헛, 세상 참 오래 살고 볼 일이라니까."

그들 뒤로는 십여 채의 반구형 모양의 눈덩이가 상당한 크기로 쌓여 있었다.

처음 그것을 목도한 사람들이라면 그저 할 일 없는 이들이 장난 좀 제대로 쳤구나, 하겠지만 그것은 말도 안 되는 오해라는 걸 이곳 지방에서 사는 사람들이라면 잘 안다.

얼음을 큼지막한 크기로 잘라 반구형으로 쌓아 올리고 입구는 동굴처럼 만들며 안에서 불을 지피면 금세 따뜻해지는 이 놀라운 집은 생사목만큼은 아니어도, 충분히 놀랄 만한 일이다.

걸라비는 어깨를 으쓱거렸다.

“십수 년 전, 몇 번 이쪽 지방 부근을 다녀온 적이 있었소. 그때 이곳 사람들에게 배웠지. 만들기는 쉽지 않지만 일단 만들고 나면 여느 집보다도 훌륭한 곳이 되오.”

“그러게 말이오. 정말 걸라비 당신이 오지 않았다면 우리는 계속 추위에 벌벌 떨다가 지리멸렬했을 것 아니오, 허허.”

털옷으로 몸을 한껏 감쌌지만 계필번의 웃음기 어린 얼굴은 걸라비의 두 눈에 명확히 보였다. 걸라비는 마주 웃으면서도 속으론 마냥 웃기 어렵다고 생각했다.

‘독사 같은 영감.’

세상에는 수억 명의 사람들이 있다.

그 말인 즉, 수억 개의 개성이 존재한다는 뜻이

며, 같은 얼굴에 같은 몸을 지니며 같은 말투와 같은 성격을 가진다는 것은 불가능하다는 뜻이기도 하다.

사람들의 성격은 그 존재의 수만큼이나 다양할 수밖에 없을 터.

그러나 한 소속에 하나의 목적을 위한 집단의 경우 대부분 비슷한 성향을 지니게 마련이다. 과거 귀족들은 권력을 독차지하기 위한 암투를 끊임없이 벌였고, 그것은 칼만 들지 않았다 뿐, 피 튀기는 싸움이라 말하지 않을 수가 없을 것이다.

그러한 역사가 아로새겨진 귀족들의 피는 씻을 수 없는 오염된 영광들이 새겨졌으니 웃음으로 슬픔을 숨기고 애도의 표정으로 환희를 가리는 광대의 놀음과 다를 바 없으리라.

걸라비는 계필번을 보며 성격은 다를지언정 선대의 피를 이어받아 가면을 쓴 채 제 편조차 희롱하는 독사의 악랄함을 떠올리는 것을 막기 힘들었다.

특히나 판주아 왕국에서도 수백 년 동안 무수한 정승들을 배출시킨 명문가(名文家) '새벽신 가문'

의 후예라면, 제 속을 감추는 데에는 거의 통달했다고 봐도 무방할 것이다.

"그나저나 얼마나 이곳에 있어야 할는지 원."

너스레를 떨며 이글루 안에 불을 지피는 계필번을 물끄러미 쳐다보며 걸라비는 화살을 날리듯 말했다.

"계필번은 성주님의 말씀을 어찌 생각하시오?"

"무슨 말씀이신지?"

"이 생사목에 꽃이 피면 그 꽃을 꺾어 가져오라 한 말씀 말이오. 물론 '설화의 땅'인 이곳에 한빙화처럼 놀라운 식물 아닌 식물도 존재는 하오만, 전설로 불리는 생사목에 꽃이 핀다니…… 믿기도 어려울뿐더러 그것을 꺾어 가져오는 일이 어떤 의도인지, 내 우둔한 머리로는 파악하기 힘들구려."

계필번은 특유의 너털웃음을 다시 지었다.

걸라비는 그 표정을 보며 눈을 가늘게 떴다.

만들어진 웃음. 그 나이만큼이나 단련이 되어 가히 진실과 다를 바 없어 보이는 가식적인 웃음 가면.

부드럽게 상대방을 떠보는 기술 역시도 노회하

기 짝이 없으리라.

"나도 몇 번 생각은 해 보았지만 복잡한 생각은 이내 버렸소. 우리는 성주님께 몸뚱이와 인생을 건 사람들 아니오? 성주님은 놀라운 생명력과 경험만큼이나 현명하신 분이시오. 성주님께서 그리하라는 데는 다 그럴 만한 이유가 있는 것 아니겠소, 필시 세상을 이롭게 하는 일에 한몫하는 중대한 일임이 틀림없다고 내 믿소."

웃음기 어린 말투였지만 진중함이 묻어 나오는 말이기도 했다.

계필번의 눈빛은 진지했고, 목소리에는 확신이 어렸다.

걸라비는 연마가 되어 도무지 흠잡을 곳이 없어진 그의 가면에 경의를 표하기로 했다.

"계필번의 말을 들으니 내 부끄러움을 금할 길이 없소. 하기야 성주님께서 쓸데없이 이러한 명을 내리실 분은 아니지."

"허헛, 사실 애써 생각을 안 할 뿐이지 궁금한 건 나 또한 어쩔 수가 없소. 생사목에 피는 꽃이라…… 그 꽃에 어떤 효능이 있는지, 어떤 의미를 가지는지 알 수는 없지만 보통 꽃은 아님이 분명하지 않겠소?"

걸라비는 자신이 지나치게 예민한 것인지 의심했다.

말을 끝맺은 계필번의 얼굴에선 찰나 의미심장한 번뜩임이 있다고 그는 생각했다.

'실로 알 수 없는 자.'

분명한 건 계필번은 순수한 의도로 귀족성에 투신한 것이 아니라는 것이다.

걸라비는 그렇게 생각했고 이내 확정을 내렸다.

이제 와 귀족성에서 과거의 영광을 바라는 이들은 거의 없다. 과거의 잔재를 옷으로 두르는 건 결국 세상에서 활동하기 편한 의복에 불과할 뿐.

그들 역시 세상 무수한 사람들처럼 과거에만 집착하지 않고 미래를 향해 나아가며 걱정하는 평범한 사람들에 불과하다.

그 길이 계필번에게는 어떻게 보일까? 걸라비는 궁금했다.

"몇 시간째 생사목만 뚫어져라 쳐다봤더니 피곤하구려. 나는 눈 좀 붙이겠소."

"허허, 푹 쉬시오. 생사목의 감시는 내 수하들을 시키리다."

생사목의 신비와 독사의 혓바닥을 사이에 두며 걸라비는 앞으로의 일이 어떻게 전개될지 궁금했다.

평화롭게 나아가진 않을 것 같은데……. 그는 복잡한 심경을 애써 지우며 눈을 감았다.

‡ ‡ ‡

굳이 세세하게 묘사하지 않아도 한눈의 그들의 특별함을 알 수 있다는 선에서 본다면 광신자들도 학자들의 굉장한 관심거리가 될 수 있을 것이다.

그러나 아무르와 고르고는 그들에게 손톱만큼의 호기심조차 가질 수 없는 지경에 빠지고야 말았다. 그들이 광신자들에게 가지는 감정은 애정도, 기쁨도, 슬픔도 아닌, 그 모든 감정들이 결여된 단 하나의 감정, 공포뿐이었다.

기다란 목 끝에 달린 얼굴은 도마뱀과 닮았지만, 도마뱀과는 비교가 안 될 정도로 컸고, 쩍 벌린 입 안에는 상아색으로 빛나는 수많은 이빨들이 칼날처럼 번뜩였다. 얼굴에서 목으로 이어져 내려간 그들의 몸통은 굵고 우락부락했지만 갑옷과 같은 비늘로 뒤덮여 되레 눈부신 아름다움까지 선사한다. 굵고 긴 꼬리는 잘만 휘두르면 자그마한 바위를 쪼갤 것 같은 박력을 풍겼다.

짐승처럼 네 발로 몸을 지탱하는 놈도 있고, 유난히 굵은 뒷다리를 이용해 두 발로 서며 짧지만 위험한 앞발로 위협을 가하는 놈들도 있다. 모습은 조금씩 달랐지만 그들의 독특함은 도무지 다른 종이라고 볼 수 없는 유별남이 있었다.

숲의 신을 섬기는 이들.

뛰어난 두뇌로 인해 인간과 의사소통이 가능하지만 인간의 시선으로는 괴물이라고밖에 표현이 되지 못할 외관을 가진 불유쾌한 친구들.

외관만 보면 칼표범이 오히려 귀여워 보일 정도였다.

아무르는 그렇게 속삭이고, 고르고는 부정할 필

요를 느끼지 못했다.

기괴함으로만 따지자면 산신 호랑이나 무지개 사자도 광신자들에게는 미치지 못할 것이다. 세상에 어떤 생물도 이렇게 괴악하고 소름끼치게 생기진 않았을 거라 고르고는 생각했다.

두 학자들이 연신 침을 꼴깍 삼키는 사이 바한과 몰란덱은 두 학자를 에워싸 정확히 다른 방향을 향해 각기 무기를 세웠고, 우리의 회색 친구는 얼굴을 일그러트린 채 바한의 옆에서 한껏 살기를 흘렸다.

아무르는 이 와중에도 회색 늑대에게 엄지손가락을 치켜세우고 싶은 욕망을 느꼈다.

예의 없는 요망한 짐승이었지만, 지금은 훌륭한 아군으로 변모했다.

끼끼끽!

소름끼치는 소리를 내며 기다란 혓바닥을 날름거리는 광신자들은 역동적으로 움직이며 일행을 포위했다.

산전수전 다 겪은 몰란덱은 이 절대적인 열세 앞에서 본능적으로 쉬운 싸움이 되지 않으리라 판단했으나, 그의 입은 무의식적인 판단과는 다르게 창의적인 비속어를 연발하기에 이르렀다.

"뱀도 도마뱀도 아닌 것들이 확 가죽을 다 뜯어버릴라. 안 꺼지면 구이로 만들어 버린다?! 엉, 어? 너 이 새끼, 어디서 혓바닥을 날름거려? 사지 다 잘라서 배로 기게 해 줄까?!"

몰란덱이 딱히 대화를 바란 건 아니었다.

이런 종류의 비속어와 격양된 외침은 상대방의 투지를 꺾고, 반대로 자신의 투지를 올리기 위한 경우가 상당히 많으며, 그건 몰란덱이라고 다를 바가 없었다.

그는 상대가 알아듣든 말든 신경도 쓰지 않은 채 끔찍하고 가끔은 웃긴 욕설로 대지를 진동케 했다. 그의 폭발적은 포효는 비유가 아닌, 진실로써 공간을 울리는 힘이 있었다.

몰란덱 쪽에 몰려 있던 십여 마리의 광신자들이 불을 뿜을 기세로 소리를 질러 댔다.

계속 욕설로 자신의 투지를 어마어마하게 올려버린 몰란덱은 살짝 의심스러운 눈으로 그들을 바라보게 되었다.

"뭐야? 내 욕설 알아듣나?"

바한은 뒤도 돌아보지 않은 채 말했다.

"우두머리 대사제(大司祭)만큼은 아니지만 이 녀석들도 굉장히 똑똑합니다. 말은 못해도 상대가 무슨 말을 하는지 정도는 대충 알아듣습니다."

"호오?"

아무르는 빽 소리를 지르고 싶은 충동에 휩싸였다.

지금 그게 중요한 게 아니지 않은가.

아무리 고찰을 거듭해도 자신이 비정상인 것 같지는 않았고, 그녀는 어서 빨리 당금의 이 말도 안 되는 상황을 타파하자고 외치고 싶었다.

그러나 무려 이십에 달하는 이 초절한 무리의 살기는 그녀의 입과 다리를 묶어 내는 놀라운 작용을 했다. 조금만 공포가 덜했어도 그녀는 바한과 몰란덱에게 욕을 한 바가지를 먹였을 것이다.

다행히 둘도 대화할 상황은 아니라고 판단했는지 마지막으로 대화를 끝맺었다.

"다행히 이놈들은 정예 부대가 아닌 것 같습니다. 칼표범 서너 마리 상대하는 것보단 쉬울 겁니다. 그러나 나무는 건드리지 마십시오."

"걱정 마시구려."

사람들이 사는 지역은 각기 다르며 그 지역마다 특산품이 있기 마련이고, 특유의 전설과 신화 역시 특산품처럼 종류도 많은 법이다.

그 신화들 중에서는 불을 뿜는 괴수가 있다느니 신이 분노해 홍수를 일으키니 태풍을 일으키니, 보통 자연을 의인화하여 영웅적인 면모를 유감없이 보여 주는 이야기가 상당히 많다.

신화로 치자면 몰란덱은 가히 태풍의 신이라고 볼 수 있었다.

아무르는 일순간 자신의 머리카락이 찢어질 듯 휘날리는 것을 보며 일 차로 기겁했고, 그것이 몰란덱이 휘두른 도끼 때문에 생긴 풍압으로 인한 것이라는 것에 이 차로 기겁했으며, 그 한 번의 휘두름 때문에 광신자 한 마리의 목이 하늘 높게 날아가는 걸 보고 삼 차로 기겁했다.

거대한 도끼가 지나간 자리 위로는 잡초들이 몸을 길게 눕고, 날아간 목을 찾지 못해 비틀거리며 춤을 추는 광신자의 몸뚱이는 붉은 피를 흘려 대며 죽음으로의 여정을 달갑지 않게 표현했다.

단 한 번의 휘두름으로 광신자 한 마리는 즉사했다.

서너 마리는 풍압으로 비늘이 찢겨져 나가는 불상사를 당해야 했다.

산신 호랑이의 자식, 도깨비 전사라 불리는 몰란덱이 마음먹고 휘두른 도끼의 위력은 그야말로 끔찍할 정도였다.

뒤통수에 눈이 달리진 못했기에 바한 역시 후방의 상황을 몰랐지만, 몰란덱이 불시의 일격으로 광신자에게 피해를 입혔다는 걸 그는 본능적으로 깨달았다.

그 역시 동시라 할 만한 시각에 창을 휘둘렀다.

찰칵찰칵 하는 소름끼치는 소리가 울려 퍼졌다.

네 다리로 몸을 지탱하든, 뒷다리 두 개로 몸을 지탱하든 광신자들에게 가장 큰 무기는 무시무시한 치악력을 자랑하는 아가리 공격. 그들의 무자비한 공격이 허공을 찍을수록 오싹한 소음이 숲을 울렸다.

다행히 주변에 나무가 그리 많지 않은 지역이었

지만 몰란덱의 도끼나 바한의 창은 길이나 너비가 일반 무기들과는 차원을 달리 했기에 어쨌든 조심할 수밖에 없었다.

그건 둘에게 큰 낭패로 다가올 수밖에 없다.

그나마 바한의 경우 찌르고 빼면 다행이지만, 몰란덱의 도끼는 휘두르지 않으면 피해를 입히기 어려웠고 도끼가 나아가는 면적도 상당히 넓은 편이었다. 그나마 이점이라면 길이가 있는 탓에 광신자들도 쉽사리 덤비기 어렵다는 것뿐.

그러나 그것도 순간.

어차피 먹고 먹히는 혈투에서 누군가는 반드시 선공을 하기 마련이고, 그것은 보다 공격적인 성향의 누군가가 될 확률이 압도적으로 높다.

바한은 예상이라도 했다는 듯 급작스럽게 달려드는 두 마리의 광신자를 날카로운 눈으로 바라보다가 자세를 낮춰 그대로 창을 휘둘렀다.

세상의 어떤 강철보다도 단단한 용골을 날카롭게 다듬어 만들어 낸 그의 창날은 단단한 광신자의 비늘을 베어 내고 꿰뚫기 쉬웠다.

문제는 그 무게 때문에 어떻게 다루느냐가 최대

의 관건인데, 바한의 경우 이 무거운 창을 마치 수족처럼 능숙하게 다루었다.

창날의 영역 안으로 들어온 두 마리의 광신자들은 자신들의 목을 깊숙하게 훑고 지나간 섬뜩한 감각에 비명을 지르고 물러섰지만 이미 손가락 한 마디 정도가 베인 이후였다.

도마뱀 친구들의 공격은 빨랐으나 반응하는 바한의 속도 역시 무자비할 정도로 빨랐다. 마치 흥분한 번개와 싸늘한 북풍이 대결하는 것 같았다.

그러나 번개 줄기는 아직도 많고, 바람은 홀로 외롭다.

차갑고 고독한 북풍의 뒤에서 튀어나온 건 작렬하는 잿빛 안개.

늑대가 짖으며 광신자를 유인하면, 바한의 창은 정확하게 한 마리의 광신자의 머리통을 꿰뚫는다.

기계적이고 확실한 합. 둘은 마치 서로의 마음을 다 안다는 듯이 자신의 영역과 시기를 완벽하게 점유하며 전투에 돌입했다.

늑대와 인간이 함께 적을 죽이는 이 초유의 조합과는 달리 몰란덱은 혼자서 모든 광신자를 처리해야 했지만, 그의 전투력은 둘에 비해 조금도 떨어지지 않았다. 도리어 폭발하는 투지와 막강함은 둘을 한참이나 넘어설 정도였다.

근섬유가 한 가닥씩 보일 정도로 극한까지 단련이 된 근육 위로 지렁이 같은 힘줄이 꿈틀대며 파도처럼 역동한다. 한 손으로 도끼를 휘두르며, 다른 손은 말아 쥐어 내지르는 데 풍압만으로도 광신자들의 비늘이 하나, 둘씩 떨어져 나가고 있었다.

대지를 가로지르는 열풍과도 같다.

싸늘한 한풍과 타오르는 열풍은 단단한 성벽처럼 두 학자를 에워싸고 현실감이 한참이나 떨어지는 괴물들을 퇴치한다.

그러나 그것도 잠시, 각기 네 마리 정도의 광신자들을 쓰러트린 이후 광신자들의 행동에 변화가 생겼다.

한 마리가 갑자기 허공을 향해 괴상한 포효를 내지르자 바한과 몰란덱에게 한 마리씩 공격을 감행하고, 나머지 모든 광신자들이 무시무시한 도약력으로 그들을 뛰어넘어 버린 것이다.

그들의 엄청난 도약력에 감탄할 새는 없었다.

몰란덱이 강철 같은 주먹을 휘둘러 공격한 한 마리의 턱을 깨 버리고 후방을 향해 도끼를 휘둘렀다.

참으로 시기적절하고 강렬하기 짝이 없는 공격이었지만, 거리 면으로 보나 시기 면으로 보나 한계가 있었다.

속으로 낭패를 곱씹을 때 공중에서 내려서는 광신자들보다도 빠르게 검은 그림자가 아무르와 고르고를 뒤덮었다.

"바한!"

회색 늑대에게 광신자 한 마리를 남겨 둔 뒤 바로 뛰쳐나온 바한의 눈은 여전히 흔들림이 없이 냉정했다.

되레 이전보다 훨씬 차가워진 그의 눈동자는 어쩐지 늑대와 닮아 있었다.

북극, 빙원의 숙명을 닮은 그 눈.

바한은 고르고와 아무르에게 번개처럼 다가서며 순간 판단을 내렸다.

'막을 순 없어. 잡고 피한다.'

내려섬과 동시에 고르고를 어깨에 메고, 아무르

를 안아 순식간에 그 자리를 벗어난다.

뛰어내려 달려 서고 메었으며, 안고 질주하는 그의 몸놀림은 가히 예술이라 불리어도 부족함이 없었다.

너무도 급박한 전개에 고르고와 아무르는 자신들이 무슨 지경에 처했는지 판단할 새도 없었다.

그 자리를 벗어난 세 사람이 저 멀리 나무 밑동에 내려섬과 동시에 무시무시한 폭음이 울려 퍼졌다.

열 마리가 넘는 광신자들이 같은 영역의 땅으로 서며 생산해 낸 소음은 천둥에 필적할 만했다. 땅이 뒤집히고 비산하는 돌멩이들은 바람에 제멋대로 흩날리는 빗방울처럼 속절없이 허공으로 튀어나갔다.

"좋았어!"

일행의 무사함을 파악한 몰란덱이 쾌재를 지르며, 보다 넓어진 전장에서 도끼를 휘둘렀다.

한 손으로 쥐고 휘둘렀지만 그 무식할 정도로 큰 도끼의 방위 안에 걸리는 모든 것이 잘리고 파괴되었다.

흡사 파괴의 신이 강림한 듯 몰란덱은 미친 듯이 도끼를 휘두르며 살육을 벌이고, 땅에 곤두박질쳐 제정신을 차리지 못한 광신자들은 제대로 된 반격조차 하지 못한 채 속절없이 목숨을 내주어야만 했다.

이 압도적인 살상력에 고르고와 아무르는 벌린 입을 다물지 못했다.

바한조차 몰란덱의 신들린 도끼질에 감탄을 참지 못했다.

'저 정도 실력이라면 산신 호랑이와 붙어도 크게 밀리지 않을 것 같다.'

거대한 몸집에 어울리지 않게 몰란덱은 고양이처럼 민첩하고 유연하기까지 했다.

동시에 시기적절하게 휘두르는 도끼는 사방 가릴 것 없이 파괴를 일삼고, 그것을 피하거나 막는 일은 광신자들에게 지나칠 정도로 힘든 일이었다. 광신자 한 마리의 목덜미를 사정없이 물어뜯어 죽인 회색 늑대는 그 푸른 눈을 더욱 빛내며 몰란덱의 도끼 범위 바깥에서 다른 한 마리의 광신자를 향해 돌진했다.

늑대의 속도 역시 가히 전광석화. 벌린 주둥이에서 빛나는 이빨들은 살육을 위해 진화된 강렬한 무기로써 존재감을 과시했다.

무참히 학살당한 광신자들 사이로 공포가 전염되기 시작했다.

공포라는 감정은 다른 어떤 감정들보다도 전염속도가 빠르다는 측면에서 돌림병과 비슷하다.

그러나 몰란덱의 살육이 워낙 순간인지라 그 공포가 모두 전염되기도 전에 거의 반수 이상의 광신자들이 토막이 나, 생을 마감해야 했다.

우두머리 광신자 한 마리가 거센 괴음을 퍼트려 후퇴를 명령했을 때는 이미 네 마리의 광신자밖에 남지 않았다.

네 마리는 확연히 허둥지둥해 보이는 몸짓으로 도주를 실시했다.

당황한 몸짓에, 공포로 얼룩진 사악한 눈동자는 어울리지 않게도 눈물을 담을 것 같았다.

몰란덱은 재빨리 뛰어올라 한 마리의 광신자를 향해 그대로 찍어 내려 머리를 박살냈고, 회색 늑대는 무한한 체력으로 다른 한 마리의 목을 물어뜯었으며, 바한의 창은 허공을 가로질러 한 마리의 척추를 부수고 땅에 박혔다.

오직 단 한 마리의 광신자만이 숲으로 제 몸을 완벽하게 숨길 수 있었다.

순식간에 끝난 싸움.

적들의 공격을 역으로 이용해 기가 막힌 합으로 상황을 종료시킨 일행이었다.

물론 몰란덱의 압도적인 파괴력이 없었다면 애초에 불가능했을 싸움이기도 했다.

"쳇, 한 마리를 놓쳤군."

도끼의 피를 떨쳐 내며 몰란덱은 연신 투덜거렸다.

"우리의 일은 놈들을 섬멸하는 게 아니라 안전하게 부활화가 있는 지점까지 가는 것입니다. 너무 안타깝게 생각하지 않아도 됩니다."

"한 번 사냥감을 정하면 무슨 수를 써서라도 잡는 게 내 좌우명이라서 말이오. 뭐, 아깝긴 하지만 별수 없지."

가히 신화적이라 불리어도 부족함이 없을 전투를 벌인 후에도 몰란덱에게는 별 감흥이 느껴지진 않았다.

마치 일상에서 파리를 쫓아냈다는 듯, 한 마리는 놓쳐서 조금 짜증이 난다는 듯, 그러한 얼굴을 하고 있는 몰란덱을 보며 아무르는 이런 무자비한 전사에게 그동안 떽떽거리며 대든 자신이 신기하게 느껴질 정도였다.

회색 늑대는 입가에 피를 혓바닥으로 닦아 내며 바한에게 다가왔다. 바한은 늑대의 머리를 쓰다듬어 주었다.

"어디 다친 덴 없지?"

하기야 복수신 중에서도 고위의 영(靈)과 업(業)을 몸에 두른 회색 늑대이니만큼 아직 경험 없이 어수룩한 광신자들에게 당할 리는 없었다.

늑대는 꼬리를 위로 빳빳이 세우며 당당하게 포효했다.

"저, 정말 심장이 떨어져 나갈 뻔했습니다. 광신자들은 다 저렇게 소름끼치게 생겼나요?"

이제야 살 만한지 고르고는 두 손으로 가슴을 문지르며 다가왔다. 여전히 창백한 안색이었지만 제법 놀란 가슴을 진정시킨 것 같았다.

바한은 고개를 끄덕였다.

"그렇습니다. 하지만 더 위험합니다. 죽은 저들은 경험이 부족한 어린 개체인 것 같습니다. 몰란덱의 주먹이 강하긴 하지만, 저토록 쉽게 비늘이 떨어져 나간 걸 보면 십오 년도 못 산 개체로 판단됩니다."

"네? 보통 아주 어리지 않은 이상 짐승들은 어릴수록 힘이 넘치지 않나요? 사람들도 젊은 사람이 힘이 센 것처럼요."

"맞습니다. 그러나 광신자들의 수명은 인간의 수명과 거의 비슷하며, 일반 포유류들과는 특성 자체가 다릅니다. 특히나 외형적으로 파충강에 속하는 광신자들의 경우 다른 파충류들처럼 죽을 때까지 성장합니다. 나이가 먹을수록 더 강해지고 거대해집니다. 나이 든 악어가 다른 어떤 악어들보다 큰 것처럼 이들 역시 가장 나이가 많은 광신자가 가장 큽니다. 대사제 광신자의 크기는 거의 산신 호랑이에 필적할 정도라고 보면 되겠습니다."

이런 괴물이 산신 호랑이처럼 크다는 건 머리를 굳이 맹렬하게 돌리지 않아도 충분히 끔찍한 상상을 하게 한다. 제 색으로 돌아오던 고르고의 안색이 다시 파랗게 질려 갔다.

아무르는 후들거리는 무릎을 쾅쾅 때려 정상으로 만들고는 물었다.

"여기가 광신자들의 영역인가요?"

바한의 무표정한 얼굴이 한차례 굳어졌다.

"아닙니다. 적어도 내가 겪었던 광한수림에서, 이곳은 맹수들의 위협이 없기로 유명한 안전지대입니다. 광신자가 나타났다 함은, 그동안 뭔가 상황이 변했다는 건데 거기까지는 나도 잘 모르겠습니다."

몰란덱은 도끼를 등에 걸며 수염을 손가락으로 살살 쓸었다.

튀었던 광신자의 피를 닦을 생각은 전혀 없어 보였다.

"그렇다면 현재는 물론 앞으로도 위험을 예측하기가 더 힘들어졌다는 얘기로군. 광한수림 자체가 위험한 지역이긴 하오만."

"맞습니다. 즉 우리는 지금 당장 이 지역을 벗어나야 합니다. 앞으로 또 어떤 위험이 맞이할지 모르는 상황에서 걸음을 더 빨리 할 필요가 있습니다. 그리고 몰란덱, 그 피…… 냄새 잘 맡는 녀석들은 기어코 우리를 찾겠지만, 그래도 몸에 묻은 피를 최대한 털어 내는 게 좋을 겁니다. 광신자들은 사회를 이루고 복수의 개념까지 만들어 낼 정도로 똑똑한 녀석들입니다. 필시 우리를 죽이기 위해 작정하고 노릴 가능성이 큽니다."

게다가 나와 복수신이 끼어 있다면 말이지.

바한은 혹시라도 광신자들의 우두머리, 대사제와 마주치지 않기를 바랐다.

어차피 피차 얼굴 봐서 좋을 것 없는 사이, 특히나 자신과 함께 다니는 인간들을 그냥 놔두지 않을 것이다.

잡아서 농락한 뒤에 무슨 수를 써서라도 죽이려 들 것이다.

바한은 그것을 원치 않았다.

‡ ‡ ‡

"인정하지 않을 수가 없군."

이마를 있는 대로 찌푸리며 겨우 울화를 참은 달라무트는 스스로에게 말했다.

이제는 그래야 할 시기였고, 더 이상 진실을 외면하는 건 자신에게도 일행에게도 좋지 않음을 느낀 것이다.

그에 대해서 달라무트는 심각할 정도로 유감이라 생각했다.

지금까지 살아가면서 좌절은 단 한 번도 겪지 않았던 그였기에 충격은 더욱 심할 수밖에 없지만, 마냥 외면하기에는 상황이 너무 좋지 않았다.

연군성에서 뽑고 뽑아 들여온 정예들 중 닷새에 걸쳐 무려 오십여 명이 시체로 변했다.

말이 오십 명이지 이 숫자는 심각하리만치 많은 숫자.

굳이 숫자로 사람의 가치를 비교하는 어느 몰지각한 이들에게는 그리 많은 숫자로 보이지 않을 수 있지만, 한 사람의 인생의 종결이라는 측면으로 봤을 때 죽음이란 언제나 두렵고, 어두우며, 무겁고,

무서운, 안식이 될 수 없는 고정.

며칠 새에 오십 명이 앞으로 살아갈 오십 개의 미래를 강제로 저지당했다.

달라무트는 조금 다른 방식으로 이들의 죽음이 안타까웠다.

연군성의 병사로서 단련된 백 명을 추슬러 꾸린 원정대였는데, 반수가 제 역할도 제대로 못한 채 날아가 버린 것이다.

그가 아까운 것은 그들의 죽음 자체에 대한 것이 아닌, 그 활용도면에서였다. 그리고 달라무트는 그것에 대해 단 한 점의 문제점도 찾지 못했다.

그러나 하루가 지날 때마다 시체가 되어 뒹구는 병사들의 모습을 볼 때마다 아군의 사기는 바닥을 기었다.

아예 사기라는 것 자체가 애초에 존재하지도 않은 것처럼 그야말로 공포로 이루어진 행군이라고 할 수 있겠다.

달라무트는 거의 광기에 휩싸인 군주처럼 병사들을 채찍질했지만, 다음 날 아침 자신이 표적이 되어 죽을지도 모른다는 극한의 공포심은 병사들을 공황 상태로 몰고 가기 충분했다.

당장 달라무트조차 제정신이 아니었으니 지금까지 병사들이 흩어지지 않은 것만 해도 기적이라 불리기에 무리가 없을 것이다.

인정할 수 없는 공포를 외면하고 끝까지 광한수림 내부까지 질주했지만, 결과는 오십 명의 죽음뿐.

그는 자신이 공포와 이해할 수 없는 아집에 휩싸여 우두머리로서 제대로 된 판단을 하지 못하고 막무가내 식으로 행동했음을 인정했다.

쓰라렸지만, 인정하지 못한다면 피해는 더욱 커지기만 할 터, 종래에는 자신에게도 결코 좋다고 할 만한 일이 벌어지지 않을 것이 자명했다.

하지만 막상 뭔가 대비를 세우려 해도 방법이 떠오르지 않았다.

그는 지금까지 오십 명의 병사들을 해치운 미지의 맹수를 보지도 못했다.

그건 비단 달라무트만이 아니라 남은 병력들 역시 맹수의 습격을 보지도 듣지도 느끼지도 못했다.

날을 새서 경비를 세워도, 습격의 순간과 죽음의

순간을 포착하지 못한다.

이건 보이지 않는 그림자, 보지도 느끼지도 못하는 공기와 싸우는 것 같았다. 사람은 본디 보이지 않거나, 어두운 것에 공포를 느끼기 마련인데 달라무트는 공포를 넘어서 이제는 되레 신기해할 정도로 극적인 감정의 변화를 겪었다.

"뭔가 특별한 조치가 필요하다. 그러나 방법이 떠오르지 않아. 보이지 않는 상대와 어떻게 싸운단 말이냐!"

칼집을 움켜쥔 달라무트의 손은 심각하게 떨리고 있었다. 당장이라도 칼을 뽑아 휘둘러 눈앞의 무언가를 벨 것만 같았다. 연군성 병력의 수석대장 바즈라시는 그 대상이 자신이 아니길 속으로 간절히 기원하며 조심스레 입을 열었다.

"성주님, 일단 피해를 입은 상황에 대해 재차 면밀한 검토가 필요할 듯싶습니다."

"누가 그걸 모른다더냐? 그럼 어디 네가 검토한 바를 말해 보아라!"

스스로 뭔가를 인정하든 말든, 기분과는 상관이 없었다.

신경이 날카로워질 대로 날카로워진 상관의 비위를 맞추는 건 아랫사람에겐 항상 피곤한 일이지만 그 피곤함을 무시하면 목이 날아가는 건 시간문제. 바즈라시는 최대한 공손하게 앞서 당한 상황들을 열거했다.

"지금까지 당한 시체들의 상흔을 보면 동일한 맹수의 짓임은 분명합니다. 발톱의 흔적과 물어뜯긴 치흔(齒痕)은 육식 맹수의 것이죠. 하지만 갯과, 즉, 늑대 종류의 맹수는 아닌 걸로 보입니다. 발톱도 발톱이지만, 물린 면적과 크기를 고려할 때 범일 가능성이 가장 큰데, 문제가 하나 더 있습니다. 송곳니라 유추되는 상흔 부분이 지나칠 정도로 깊다는 것이지요. 거의 살을 뚫고 반대편까지 튀어나올 정도이니 송곳니가 엄청나게 길고 두꺼운 맹수인데…… 아직까지 이런 맹수는 보지도 듣지도 못했습니다. 게다가 범의 경우 은신의 명수이긴 해도, 단련된 백 명의 병사들의 기척을 아예 무시할 정도로 대단한 은신 능력은 없습니다. 어떤 식으로든 아군의 병사가 습격을 당했다면 그 순간에 알아챌 무언가라도 있을 겁니다. 굳이 맹수들 중 하나를 꼽자면 표범에 가장 가까울 듯합니다만."

"그건 이미 예전에 했던 말 아니냐!"

차근히 검토를 해 보자니까.

바즈라시는 속으로 투덜거렸지만 감히 반쯤 미친 상관 앞에서 그런 무도한 표정과 언행을 보일 수 없었다. 표정 하나, 말 한 마디에 생사가 갈리는 것이다.

"예, 그런데 묘한 것이 있습니다."

"묘한 것?"

"그렇습니다. 크기로 봤을 때 분명 범, 그것도 괴물이라 불릴 법할 정도의 대호가 분명하나, 행동하는 것과 사냥 실력 등은 표범을 닮았습니다. 이상한 노릇입니다."

"그게 뭐가 이상하다는 거야?"

"물론 사람이 제각각의 성격을 가진 것처럼 맹수들도 제각기 성격이라는 게 있기야 하겠지요. 그러나 종족의 습성을 무시할 수는 없습니다. 범은 범대로, 표범은 표범대로 자기 습성이라는 게 있는데 이건 마치 서너 마리 짐승들의 습성을 마구잡이로 섞어 놓은 것 같습니다. 상대하기가 지극히 까

다릅지요. 그러나 그 특성이 눈에 띌 정도로 뚜렷한 만큼 그들의 생태를 알 수 있으니 그에 발맞춰 대처해야 할 듯합니다."

달라무트의 눈에 광채가 일었다.

"뭔가 달리 생각이라도 있는 게냐?"

바즈라시는 달라무트의 눈을 보며, 지금 이 순간 제대로 된 계획 하나도 말하지 못한다면 상관의 칼에 목이 떨어질 것이라 확신했다.

기대가 크면 실망도 큰 것이다.

하물며 그 기대를 품은 자가 부하이며, 동시에 실망을 안겨 준다면 아랫사람을 말이나 소처럼 여기는 난폭한 상관은 충분히 사신으로 돌변할 가능성이 많다.

침을 한 번 삼켜 애써 가슴을 진정시킨 바즈라시가 이윽고 입을 떼었다.

"이 녀석들의 특성은 성주님께서도 아시다시피 이러합니다. 밤에만 찾아오며 지극히 은밀하여 눈으로 빤히 보고 있는데도 동료가 잡혀가는지도 모르지요. 말 그대로 눈 뜨고 코 베이는 겁니다. 하지만 한 가지 묘한 것이 있는데, 그건 사방에서 동시에 노리는 무차별 사냥임에도 그 나름에 방식이 있다는 겁니다. 그러니까, 다른 방향에서 습격이 들어오는 게 아니라 오로지 한 방향에서만 들어온다는 것이지요. 동서남북으로 표현하면, 동서남북 네 방위에서 습격이 들어와 아군의 병사를 물어 채는 게 아니라 동이면 동, 북이면 북 이런 식이라는 겁니다. 지금까지 피해 상황들을 돌이켜 보시면 아실 겁니다. 시체는 꼭 한 무리, 한 무더기로 뭉쳐져 있었습니다."

달라무트의 눈썹이 꿈틀거렸다.

이전을 생각해 보는 듯했다. 바즈라시는 그가 다른 마음을 먹지 않도록 최대한 빠르게 다시 입을 열었다.

"그러니까 요는 이겁니다. 함정을 설치하자는 거죠."

"함정? 어떤 함정?"

"이놈들은 영악합니다, 하지만 본능을 무시하지는 못할 겁니다. 명색이 맹수니까요. 피 냄새에 민감해서 금세 반응할 거란 말이지요. 병사 한 명을 희생해서 시체로 만든 뒤 그쪽 부근에 함정을 설치하면 맹수를 때려잡을 수 있지 않을까, 라는 생각이 듭니다만."

굉장히 냉정하고 부도덕한 함정이었다.

바즈라시는 자신이 이런 어처구니없는 함정을 생각해 냈다는 것에 대해 유감조차 느낄 수 없었다. 그러나 현실을 냉혹했고, 그 이외의 함정들을 검토해 봤으나, 이것 이상의 함청은 실용성의 측면에서 모두 낙제점을 맞을 것 같았다.

바즈라시는 눈을 질끈 감았다. 이토록 잔인무도한 계획을 생각해 낸 자신의 머리를 저주하며, 그는 차라리 자신의 상관이 이 계획을 던져 버리기를 바라는 이율배반적인 감정에 몸을 실었다.

하지만 제정신이었을 때도 부하를 자신의 종마와 다를 바 없이 생각하던 달라무트가 이 매혹으로 포장된 부도덕한 제안을 거절할 리가 없었다.

"괜찮은 생각이군. 피 냄새를 풍기게 해서 그 주위에 함정을 만든다? 아주 괜찮아…… 잘하면 전부 때려잡을 수도 있는 기회가 될 수 있겠군."

손바닥을 비비며 소름끼치는 웃음을 선사하는 달라무트의 얼굴은 거의 광기에 휩싸였다 해도 과

언이 아니었다.

바즈라시는 등허리에 소름이 돋음에도 억지로 웃음을 지어야 했다.

자신의 제안한 함정이며 이 자리에서 함정의 부도덕함을 따지는 건 별로 매력적인 일이 아닐 것이다. 자신에게도, 달라무트에게도.

"너는 병사들을 이끌어 함정을 만들도록 해라! 오늘은 움직이지 않고, 이곳에서 계속 쉴 것이다! 그리고 희생될 병사는 함정을 만든 이후 차후 의논하도록 하지. 시간은 아직 많이 남았다. 절대로 빠져나올 수 없는 함정을 만들도록 하라! 알겠느냐!"

"예!"

‡ ‡ ‡

'이해할 수가 없어.'

무차별적으로 들이닥치는 무도한 적들을 향해 역동적으로 창을 휘둘렀지만, 바한의 머릿속을 지배하고 집중되는 건 당장의 전투가 아닌, 당금의 상황 자체에 있었다.

광신자들의 첫 습격 이후로 일행은 무려 두 번의 습격을 더 받았다.

그들의 습격은 은밀하고도 재빠르게 이뤄졌으며, 아무리 숲에 대해 잘 알고 있는 바한이라 할지라도 예상치 못한 각도에서 다가왔다.

그것은 바한에게도 제법 충격적인 일이었다.

광한수림은 지나치다 싶을 만큼 넓은 땅덩어리. 세상과 동일한 땅 위에 숨 쉬지만 거의 다른 차원에 있는 곳이라 불리어도 부족함이 없을 만큼 독보적인 특이성을 자랑한다.

그 특이한 숲에서 바한이 걷지 못한 곳은 극소수에 불과했고, 거의 모든 곳을 밟았으며 기억했다.

적어도 광신자들이 단체로 미치지 않는 한, 이 소로까지 몰리는 일은 없다.

하지만 비록 수면 전이기는 하나, 그간의 무수한 경험과 기억들로 보아 할 때 광신자들이 미쳤다고 보기에는 무리가 있음을 바한은 인정하지 않을 수 없었다.

광신자들의 눈에는 전형적인 적의와 살의가 뒤범벅. 영역을 침범당한 분노가 아닌, 명백히 사냥할 용의가 있는 적개심 어린 눈빛이었다.

그들의 움직임과 무리를 이끄는 작은 우두머리들의 행동들, 그리고 일개 도마뱀 따위는 상상조차 못할 합동 공격과 유기적인 행동들로 보아 할 때 바한은 광신자가 그 이름의 일부처럼 미쳤다고 판단할 수 없었다.

'거주지를 옮긴 건가?'

이곳은 광신자들의 본거주지와 완전히 동 떨어졌다고 할 만큼 먼 거리.

광신자들의 특성상 숲의 신을 섬기는 사원에서 멀리 떨어질 리가 없으며 새로 지어질 리도 없다.

광신자들의 사원은 그저 아무런 땅덩어리 위에 세워진 게 아니라, 광한수림에서도 가장 크고 거대한 나무이며 가장 오래된, 신성하기까지 한 고목과 가까운 곳에 만들어지고 관리되어져 왔다.

그 나무는 무려 천 년이 넘는 시간 동안 고고히 그 자리를 지킬 정도로 왕성한 힘을 자랑하며 광한수림 역사 그 자체라 봐도 좋을 만한 것이었다.

그리고 그 고목은 앞으로 천 년, 이천 년이 지난다 한들 부러지거나 죽지 않을 것이다.

그것은 예상이 아닌 확신에 가까운 판단이었다. 그 나무는, 적어도 살아 움직이는 생물체가 파괴하거나, 잴 수 있는 그릇의 나무가 아니니까.

더군다나 그 보이지 않은 신화와 알 수 없는 전설로 의복을 차려입은 고목에는, 이들이 그토록 파괴하길 원하는 부활화가 피어날 확률이 높은 곳이기도 하다.

'알 수가 없군.'

이제는 40일밖에 남지 않은 시점에서 주변 환경의 변화는 바한에게 상당한 곤혹스러움으로 다가왔다.

이들에게 도움을 준다는 시점부터 그의 뇌는 모든 힘을 쥐어 짜내 부활화를 향한 최단거리에 이른 최고의 속도, 최대의 장점을 이끌어 내도록 분석과 판단을 반복하고 있었다.

그건 평범한 사람들이라면 감히 엄두조차 못 낼, 무수한 시간을 수면과 행동의 반복으로 세상은 물론 광한수림조차 머릿속에 집어넣은 바한만이 가능한 개인적 작전이었다.

그런데 그러한 작전이 초반부터 난황을 겪고 있다.

그는 작금의 사태를 이해하고 분석하여 최대한 빨리 새롭고 최대의 안전을 이끌어 내는 원정을 만들어 내야 한다고 생각했다.

이쪽에는 나름 똑똑한 두 명의 학자와, 지혜로우며 동시에 세계 최강임을 부정하기 어려운 전사 한 명도 끼어 있지만, 광한수림의 진짜 위협이 눈을 뜰 때라면 누구의 안전도 보장하기 어려움을 그는 잘 알고 있었다.

아가리를 쩍 벌리며 폭풍처럼 쇄도하는 광신자 한 마리의 머리를 뚫어 버린 바한은 묘기처럼 창을 돌려 피를 떨쳐 냈다.

몰란덱은 도끼로 두 마리의 광신자를 피떡으로 만들면서도 그 광경을 봤는지 호탕한 웃음을 터트렸다.

"카핫! 멋진 창술이오!"

"조심하십시오, 몰란덱."

순식간에 몰란덱의 등 뒤로 파고드는 광신자 한

마리는 바한의 걱정을 증폭시키기에 충분했지만, 몰란덱의 좌측 주먹은 바한의 근심과 걱정 그리고 더불어 광신자의 머리통까지 호쾌하게 날려 버리는 놀라운 위력을 선사했다.

"흠, 이제 대강 마무리된 것 같은데."

한 명의 전사는 간만에 이어지는 전투로 지치기는커녕 더욱 신명이 나게 전투만 벌어지면 미친 듯이 날뛰었다.

다른 한 명의 창술가는 고요하고 차가운 눈으로 전황을 꿰뚫었으며, 이제는 조금 익숙해졌는지 회색 늑대의 비호를 받는 두 명이 학자들은 두 전사에게 위험 신호와 응원을 열렬히 보내 주었다.

대강 시체들을 정리한 바한은 주위를 둘러보았다.

광한수림 내에서는 딱히 다른 풍경을 바라기 힘들 만큼 주변에 수많은 나무들이 분포해 있다.

거대한 호수나 몇몇 절벽들이 존재하지만, 광한수림이 광한수림이라 불린 이유는, 다른 모든 숲들처럼 수를 헤아리기 어려운 나무들 때문.

그 나무들을 올려다보며 바한은 눈을 감았다.

드높은 나무들. 영원히 그곳에 서 있을 것 같은 완벽한 고정감으로 부동의 미학을 온몸으로 보여주는 천연의 고체들이 고개를 숙이며 그를 내려다보고 있었다.

흩날리는 바람결에도 움직일 줄 모르는 잔가지들은 이 고고한 나무들의 성격을 그대로 반영하는 듯했다.

쏟아지는 빛무리 속에서도, 차가운 바람 앞에서도 나무들은 그 자리에서, 언제까지나 일행을 내려다볼 것만 같았다.

감긴 그의 눈이 뜨일 때쯤에는 이미 반 시간이 지나 있었다.

그때까지 일행은 바한을 진득하게 기다렸다.

"길을 바꿔야 할 것 같습니다."

주위를 경계하며 도끼를 손질하던 몰란덱이 고개를 갸웃거렸다.

"길을 바꾸다니? 그게 무슨 말이오?"

"어떤 이유에서인지 모르지만 그간 광신자들의 습격은 상식적으로 볼 때 이해하기 어려운 일이라 할 수 있습니다. 내가 기억하기에 이곳은 결코 광신자들의 영역이 될 수 없습니다. 그들이 모시는 숲의 신 사원에서 너무나도 멀리 떨어진 곳이기 때문입니다. 일찍이 그들이 이곳까지 온 전적은 단 한 번뿐인데, 바로 하나의 대사제 자리를 놓고 두 마리의 우두머리가 싸운 후 도망친 한 마리의 도전자를 추적할 때뿐이었습니다. 과거 그들의 생리와 습성, 생각들을 파악해 본 결과, 세 가지 추론이 가능합니다. 첫째, 그들이 재차 대사제를 뽑는 과정에서 한 명이 도주했을 시 도주자를 처벌하기 위한 파견대를 급파했을 경우. 둘째, 그들의 폭발적인 번식으로 인해 내가 수면했던 시간 동안 터전을 다섯 배 이상 넓힌 경우. 마지막 셋째, 우리가 판단할 수 없는 미지의 중요한 어떤 일이 광신자들에게 일어나 부득불 사원을 지킬 병력을 빼 사방으로 퍼트린 경우입니다. 아무래도 마지막 세 번째 가능성이 그나마 높다고 판단되지만…… 확신할 수 없습니다. 중요한 건 그들에게 무슨 일이 일어났든 우리에게는 결코 달가운 일이 아니라는 겁니다. 앞으로 계속 이 길을 고수하다가는 또 다른 위협을 받을 가능성이 압도적으로 높으리라 판단합니다.

광신자들이 명일, 또다시 출현하지 않으리란 가능성이 없으며, 이틀만 더 지나면 맹수 지옥과 늪지대가 나옵니다. 더 까다로워지는 조건입니다. 광신자만 없어도 무난하게 건널 수 있지만 광신자까지 더해지면 그만큼 위험한 길도 없을 겁니다. 즉, 우리는 광신자에 맹수 지옥, 늪지대까지 더해진 최악의 길을 가느니, 차라리 삼색 욕망의 길로 가는 것이 그나마 위험을 줄이고, 거리까지 줄이는 최선의 선택이라 할 수 있을 것입니다."

폭포수처럼 쏟아지는 바한의 말은 세 명의 정신을 아득히 먼 곳으로 보내는 놀라운 작용을 했다.

그들은 도대체 바한이 무슨 말을 하는지 이해조차 할 수 없었다.

아무르는 가까스로 출발하기 전 맹수 지옥에 대해 바한이 언급했다는 걸 기억했지만, 바한의 입에서 마구잡이로 발산되는 지식에 의해 잠시 동안 무방비 상태가 되었음을 자각했다.

아무르는 멍한 상태에서 거의 반사적으로 새로운 지식에 대한 물음을 표했다.

"삼색 욕망의 길이요? 거긴 또 뭐하는 곳인데요?"

고르고는 고개를 흔들어 정신을 차리다가 아무르의 선부른 질문에 거칠게 손을 저었다.

상대방의 의사와는 전혀 상관없이 무자비하게 쏟아지는 바한의 지식은 혼란함 이외에 받을 것이 없다는 걸 아무르는 아직 모르는 모양이다.

그러나 이미 바한의 말은 시작이 되고 있었고, 다행히 고르고의 염려와는 다르게 신비로움 이외에 충분히 알아들을 수 있는 감정이 엿보이는 말투였다.

"삼색 욕망의 길은 가장 쉬운 길이 될 수도, 가장 어려운 길이 될 수도 있는 길입니다. 어떤 상식적이지 않은 사람은 삼색 욕망의 길을 일컬어 신이 이 땅에 만들어 낸 가장 불쾌한 미로라고 욕을 한 적이 있습니다. 그에 대해 왈가왈부하고 싶지는 않지만 보통 길이 아님은 분명합니다."

몰란덱은 연신 고개를 갸웃거렸다.

"보통 길이 아니라니? 미로? 하지만 우리가 이곳으로 갈, 그러니까…… 맹수 지옥과 늪지대에 광신자까지 있는 길보다는 덜 위험하다는 거요?"

"확률로만 따지자면 그렇다는 겁니다. 늪지대에

맹수 지옥만 있다면, 몰란덱과 내가 한 명씩 업고 빠르게 질주할 때 별 위험이 없지만, 거기에 광신자까지 나타난다면 9할 이상의 확률로 최소 한 명은 목숨을 잃을 거라 판단됩니다. 그래서 차라리 삼색 욕망의 길을 추천하는 것입니다."

"아니, 도대체 무슨 길이기에?"

"말 그대로 사람의 욕망을 발현시켜 온갖 정신적 환상을 일으키는 몽환의 길입니다. 각기 붉은 나무의 숲, 노란 나무의 숲, 검은 나무의 숲으로 이어지는데, 그 색깔들은 각자가 맡은 색깔의 욕망을 사람의 눈으로 완현(完現)시키는 힘이 있습니다. 그곳에서 사람들은 자신의 욕망을 충족시키며 행복하게 죽어 갑니다. 죽음에도 행복이 있는지 모르겠지만, 어떻게 죽는지도 모른 채 궁극의 욕망을 모두 채우며 죽으니 좋게 말한다면 그것은 인간이 꿈꿀 수 있는 가장 행복한 자살 터라고 할 수 있겠습니다. 말라 죽게 만들지만, 자신이 말라 죽는지 죽어 가는지, 실제로 죽는지조차 알 수 없이 평온히 잠듭니다. 그러한 욕망들을 이겨 내고 길을 나선다면 우리는 예정 시간보다 최소 일주일은 빠르게 부활화가 있을 거라 추측되는 장소에 도착할 수 있습니다. 나는 차라리 본래 가던 길을 광신자의 위협 가능성을 감수하고 가느니 차라리 삼색 욕망의 길로 가는 게 시기적으로나 위협으로나 훨씬 낫다고 판단합니다."

이제까지 열거한 것들이 사실이라는 전제하에 고르고는 바한의 말에서 도대체 어느 부분이 훨씬 낫다는 건지 도무지 이해할 수가 없었다.

욕망을 이겨 내고 나아가면 된다는 것 같은데, 자신이 죽는지도 모른 채 욕망의 노예가 될 정도의 무자비한 난이도를 자랑한다면, 이 또한 엄청나게 위험한 지역이 아닌가?

그럼 이 정도의 난이도를 자랑하는 삼색 욕망의 숲보다 더 위험하다는 맹수 지옥, 늪지대, 광신자의 합은 도대체 어느 정도의 위험성을 내포하고 있다는 것일까?

고르고는 후들거리는 다리를 도무지 진정시키지 못했다.

몰란덱 역시 이런 기괴함까지 상상하진 못했는지 다소 얼빠진 표정을 짓고야 말았다.

"큼, 그런 길이 진짜로 있단 말이오?"

"그렇습니다. 실제 과거에도 많은 사람들이 들어왔지만, 외림의 위협을 겨우 피하고 내림으로 들어온 이들 중 태반이 삼색 욕망의 숲에서 죽음을 당했습니다. 그 숲을 통과한 이후에도 심신이 극한까지 지쳐 칼표범이나 복수신의 표적이 되어 죽었지요. 그러고도 살아남은 사람들은 극소수지만 있었습니다. 그런 사람들의 경우 길을 찾지 못하고 지리멸렬하고야 말았지요. 제 상식에서는 이해할 수 없는 일이었습니다. 자신이 들어온 길을 기억하지 못한다는 건 긍정적으로 생각해도 제법 신기한 일입니다."

"아!"

아무르는 탄성을 질렀다.

이제야 천 년이 넘는 시간 동안 어떻게 광한수림을 들어간 이후 생존자가 없었는지 알 것 같았다.

많은 사람들이 미로와 같은 광한수림의 길을 찾지 못해 허덕였을 것이고, 나무에 상처를 내며 길을 돌아가기도 했을 것이다. 아니면 추운 날씨로 인해 나무를 잘라 장작을 피우기도 했을 것이다.

하나 그런 경우 산신 호랑이나 무지개 사자의 표적이 되어 몰살을 당했을 것이고, 그러지 않더라도 칼표범이나 복수신, 광신자들에게 살해당해 목숨을 부지할 수 없었을 것이다.

한번 들어가면 나올 수 없다는 미지의 숲.

땅에 발을 디딘 순간, 숲의 매력에 둘러싸여 나갈 생각조차 하지 못한 채, 어느 순간 정신이 들 때는 지나치게 깊이 들어온 나 자신을 발견하게 되는 마력의 땅.

바한만이, 자신의 경험과 사고를 지극히 차가운 이성과 논리로 판단하여 명확한 결과를 도출해 내는 데에 천부적인 자질을 가진 바한만이, 그 누구도 따라올 수 없는 경험과 암기력으로 공간 자체를 통째로 외우고 분석해 버리는 천재적인 머리를 가진 바한만이…… 이 숲의 길을 외우며 경험을 흘리지 않고 죽음에서 살아갈 수 있던 것이다.

고르고는 자신이 바한을 만나지 않았다면 이미 예전에 죽었을 것임을 의심하지 않게 되었다. 그것은 산신 호랑이의 자식, 도깨비 전사라 불리는 몰란덱이라 하더라도 예외가 아님을 깨달았다.

'바한…… 도대체 당신의 정체는 뭡니까?'

인간이라면 살아 돌아갈 수 없는 숲. 다시 말해 인간이 아니라면 광한수림에서도 살아 돌아갈 수 있다.

순간 고르고는 소름이 돋는 것을 느꼈다.

'바한은……?'

바한은 창을 어깨에 걸치며 다시 입을 열었다.

"삼색 욕망의 길은 이곳에서 좌측, 걸어서 하루면 도달할 수 있는 거리에 있습니다. 입구가 많아 어느 곳으로 가도 도착이 가능합니다. 그곳으로 방향을 틀겠습니까?"

아무르는 가슴을 누르며 고개를 끄덕였다.

"나나 몰란덱 그리고 고르고 역시 이 숲에 대한 지식이 전무해요. 경험 많은 당신이 하는 말이니 우리는 당신의 판단에 따를 수밖에 없죠. 분명 삼색 욕망의 길은 우리가 본래 가려던 길보다는 확실히 안전한 거죠?"

"확실하진 않습니다."

"네?"

"확실하지 않다고 말했습니다. 이 광한수림에서

는 확신할 수 있는 것이 아무것도 없음을 알아야 합니다. 과거의 사례와 위험의 습성을 꿰뚫어 안전하게 살아갈 순 있지만, 세계의 변화는 비단 세계에만 국한되는 것이 아닙니다. 일례로, 조금 전 나는 광신자들의 습격조차 의문이었습니다. 과거의 기억으로 봤을 때 그들은 절대로 이곳에 올 일이 없다고 생각했지만, 그것도 틀린 판단이었습니다. 내가 말한 것은 위험도가 낮다는 것일 뿐, 위험한 건 매한가지입니다. 위험도의 확률이 낮을 것이라 판단한 것입니다. 그러나 삼색의 길을 선택할 경우 이성을 잃지 않고, 서로의 안전을 도모하여 제대로 걸을 수 있다면 단 한 명의 사상자 없이 통과할 수 있음을 확신합니다."

말은 많았지만, 결국 요약하자면 여전히 위험하며 정신 똑바로 차리라는 뜻이었다.

고르고는 침을 꼴깍 삼키고, 아무르 역시 주먹을 꼬옥 쥐었다.

몰란덱이 도끼 손잡이를 잡았다 떼었다를 반복하며 물었다.

"아무르가 조금 전에 말한 바와 같이 우리는 당

신의 판단을 믿겠소. 실력이 부족해 변을 당하는 건 결국 우리의 운이 나빴기 때문이지, 당신 탓은 아니오. 당신은 당신이 판단한 대로 우리를 이끌어 주길 바라오. 나나 아무르, 고르고가 판단하는 것보다 훨씬 나을 테니."

타당한 말이었다. 고르고는 결연한 표정으로 고개를 끄덕였다.

"맞습니다. 이제까지 바한 당신이 없었다면 우린 진즉에 여기서 뼈를 묻었을 겁니다. 당신은 우리에게 굳이 물어볼 필요 없이 판단하에 행동하면 됩니다. 그렇지 않습니까, 교장님?"

아무르 역시 고개를 끄덕이며 동조했다.

바한은 그들을 한차례 물끄러미 바라보다가 재차 입을 떼었다.

"좋습니다. 그럼 삼색 욕망의 길로 행로를 바꾸겠습니다. 주의할 점은 아까 전에 말했지만 보다 세밀하게, 구체적으로 말해야 할 바가 있으니 집중해서 들어 주길 바랍니다."

창을 들어 한차례 핏물을 떨쳐 낸 바한의 입이 다시 열렸다.

"붉은 나무의 숲은 인간이 바라는 최고의 미(美)가 존재합니다. 그 무한의 마력에 도취된 인간은 더 이상 그곳에서 벗어나고 싶지 않다는 생각을 갖게 됩니다. 말 그대로 아름다움에 대한 욕망입니다. 지상 낙원이라 할 수 있겠습니다. 노랑 나무의 숲은 사람이 느낄 수 있는 최고의 편안함과 격렬함을 동시에 제공합니다. 대표적으로 식욕(食慾)과 성욕(性慾), 재물욕(財物慾), 명예욕(名譽慾) 등이 있습니다. 이제껏 경험하지 못했던 원초적인 욕망들이 줄을 지어 여러분을 맞이할 겁니다. 마지막으로 검은 나무의 숲이 있습니다. 욕망의 종결, 영원한 어둠 속에서 여러분은 눈을 감게 될 것입니다. 마치 어머니의 뱃속에 들어간 태아처럼 당신들은 상상할 수 있는 최고의 편안함으로 잠이 들게 될 텐데, 이는 곧 인생의 종말을 의미합니다. 이 세 곳에서 주는 욕망을 제어하고 나아간다면 우리는 삼색 욕망의 길을 주파할 수 있습니다."

세 명은, 심지어 몰란덱조차도 바한의 설명을 들으며 등골이 오싹해짐을 느꼈다.

이건 무력으로 해결될 차원의 문제가 아니었고,

감당하기 쉬운 문제는 더더욱 아니었다.

'도끼로 헤쳐 나가긴 어렵겠어.'

짙은 곤혹스러움으로 머리를 긁적이던 몰란덱은 순간 아주 매혹적인 제안을 꺼내 들었다.

"도끼로 그 나무들을 죄다 부수고 가면? 어차피 산신 호랑이나 무지개 사자도 삼색 욕망의 길은 안 올 거 아니오, 그놈들이라고 죽고 싶어서 거기에 오겠소? 들어 보니 삼색 길을 빠져 나가야, 칼표범이나 복수신들에게도 당한다고 한 걸 보면…… 금수들도 찾지 않는 곳 같은데."

"아마도 불가능할 겁니다. 들어서는 순간 폭력과 피를 떠올리지 못하는 영역입니다. 나 역시 시도해 봤지만 나무 한 그루 건드리기 힘들었습니다. 더군다나 영역에 들어서는 순간 나타나는 기경들은 모두가 환상이니, 나무를 벤다고 환상 자체가 사라지는 건 아닙니다."

단순한 무력에서 바한은 몰란덱을 따라잡을 수 없다.

그러나 그 외에 것들, 예를 들어 지식이라든지 경험, 정력 같은 부문에 있어서 몰란덱은 바한의 대단함을 인정하고 있었다.

살아 있는 시체를 데려다 와도 이것보다는 재미있는 반응을 보여 주겠다 싶을 정도로 바한의 철가면은 깨어질 줄을 몰랐다. 그리고 몰란덱은 바한보다는 인간미가 넘치는 사람이었다.

즉 그가 불가능하면 몰란덱 역시 지극히 힘들거나 아예 가능하지 않다는 공식이 성립한다.

"삼색 욕망의 길을 파헤치는 방법은 단 두 가지가 있습니다. 하나는 이전에 말했던 것처럼 그저 참고 나아가는 것. 가장 확실하면서도 어렵기 짝이 없는 방법이라고 할 수 있겠습니다. 나머지 하나는 그 영역을 만들어 버린 흉수를 찾아서 복속시키거나 죽이는 방법입니다. 확실하지도 않지만 찾기만 한다면 어렵진 않을 겁니다. 그러나 찾기까지가 지극한 어려움을 선사합니다."

아무르의 눈이 커졌다.

"흉수? 영역을 만든 사람이라고요? 설마 전설의 마술사라도 되는 건가요?"

"고르고에게 마술사라는 존재를 들었지만, 아마도 당신들이 부르는 마술사라는 존재는 아닐 겁니다. 그보다 훨씬 신비롭고 악덕과 흉악한 전설을 몸에 실은 괴물입니다. 사람의 피와 정열, 정염을 빼어 먹고 살아가는 어두운 밤의 딸입니다. 세상에 퍼진 소문들이 어떻든 간에 그녀는 실존하고 있으며, 욕망의 발현으로 사람의 정(精)을 빼서 착취하고 살아가는 존재입니다. 이런 방식으로도 살아가지 못하는 한, 그녀는 정기적으로 생명체의 혈액을 공급받아야만 살아갈 수 있습니다."

사람을 미혹시키는, 마술과 같은 영역을 만드는 기묘한 존재.

사람의 정염을 빼어 먹고 살아가는 불쾌한 이단아. 그도 안 된다면 피를 빨아먹어야 만이 생명을 유지하는 악마와 밤의 교합으로 탄생한 괴물.

아무르는 자신의 머리로 불연 듯 떠오른 하나의 존재를 바한이 말하고 있는 건지 의심스러웠다.

그리고 잠시 후, 고르고와 몰란덱의 표정을 보며 그들 역시 자신과 같은 생각을 떠올렸다는 걸 알아채고 약간의 동질감과 상당한 혐오감, 엄청난 공포를 느꼈다.

"지, 지금 말하는 존재가 설마……?"

"그렇습니다. 나는 흡혈귀(吸血鬼)를 말하고 있는 겁니다."

"하하하!"

고르고는 배꼽이 떨어진 것처럼 엄청나게 웃어 댔다. 몰란덱은 고르고를 보며 이 인간이 드디어 미쳐도 보통 미친 게 아니라고 생각했다. 아무르 역시 눈살을 찌푸렸고, 바한은 자신의 말 중 도대체 어느 부분이 고르고를 웃게 만들었는지 알 수 없어 멀뚱히 쳐다보기만 했다.

한참이나 웃어 대던 고르고는 바한의 곁에 와서 그의 어깨를 팡팡 쳐 댔다.

아무르는 그걸 보며 기겁했다.

물론 지금까지 생사를 같이 하며 광한수림을 돌아보았으니 분명 일행이라 불리어도 부족함이 없고 동지, 동료, 친구 정도의 다소 친근감 넘치는 단어로 표현될 만큼 바한의 도움은 대단했지만, 저렇게 함부로 어깨를 쳐 대며 다가가기에는 아직 이른 건 아닐까, 하는 두서없는 생각이 그녀의 머리를 맴돌았다.

그녀는 바한과 함께 하면서 그를 존중하고 이해

하려고 노력은 했지, 저렇게 서로의 육체를 서슴없이 쳐 대는 정도의 행위는 상상한 적이 없었다.

그건 몰란덱도 마찬가지였는지 약간 소름이 돋은 듯한 얼굴로 고르고를 바라보았다.

그들이 무슨 생각을 하건, 고르고는 여전히 친근감이 가득하다 못해 흘러넘칠 정도의 진한 표현을 하며 말했다.

"정말 당신과 있으면 즐겁기 짝이 없습니다. 흡혈귀라니! 오, 나는 아직까지 이 정도로 대단한 농담을 들어 본 적이 없어요! 흡혈귀라…… 음! 발상이 참 신선합니다! 하지만 바한, 그렇게 석고상 같은 얼굴로 농담을 하면 진실처럼 들리잖아요. 그럼 우리가 헷갈릴 것 아닙니까? 앞으로는 농담을 할 때 입가에 미소라도 한 떨기 수줍게 지으면서라도 하면 우리도 재미있게 웃을 수 있어요."

고르고의 입은 웃고 있었지만 눈빛은 상당히 간절했다.

제발 지금까지 했던 말이 거짓말이라고 종용하는 듯했다. 아무르는 이마를 짚고, 몰란덱은 가만히 팔짱을 끼며 콧방귀를 뀌었다.

흡혈귀라는 말도 안 되는 종족의 유무가 바한의 입에서 나온 직후 그들은 놀라움과 혐오감 등으로 진저리를 쳤지만, 광대보다 나을 것이 없는 고르고의 화술을 보며 맥이 풀리는 기분이었다.

바한은 가만히 고르고의 눈을 직시했다.

지금까지 단 한 차례도 바한은 거짓은커녕 농담조차 한 적이 없었다.

마치 나는 이런 사람이다, 라고 말하듯 바한의 눈동자는 깨끗하고도 모호했다.

현실을 부정하며 웃음으로 공포를 떨쳐 내기 위해 갖은 힘을 다 쓴 고르고는 그의 눈을 보며 바로 현실을 직시할 수 있었다.

"……흡혈귀가 진짜로 있는 겁니까?"

"조금 전에 있다고 말하지 않았습니까?"

"아니, 정말로, 그 흡혈귀라는 것이 이곳에 있다고요? 그리고 지금 우리는 흡혈귀가 덫처럼 만든, 사람의 정기를 빨아들일대로 빨아들이기 위해서 욕망을 덕지덕지 바른 그곳으로 간다는 거고? 제 말이 맞나요?"

"역시 학자라서 그런지 두서없는 말에 정리를

잘하는 것 같습니다. 더할 나위 없는 사실입니다.”

세상의 모든 지식, 앎을 캐내고자 살아왔던 고르고는 무수한 사람들이 괴짜의 집단이라고 소리 높여 노래하는 현자성에서도 내다 버린 괴짜 중 괴짜.

그의 ‘앎’에 대한 욕구가 어느 정도 큰지를 판단하기 위해서는 절대로 애를 먹을 필요가 없다.

불로불사의 비법, 댕갈송이라고 알려진 전설상의 약초를 캐내기 위해서 제반 지식도 거의 없는 상태로 광한수림에 들어왔으니, 이건 거의 미친 사람이라고 봐도 크게 무리는 없을 것이다.

그런 고르고에게도 흡혈귀의 존재는 엄청난 충격이었다.

일순간 하얗게 질려 버린 그의 얼굴을 보며 몰란덱은 퉁명스럽게 말했다.

“광한수림이라는 마의 숲이 있다는 것도 상식적으로 볼 때 말이 안 되는 거요. 더군다나 불로불사의 비법이 떡 하니 나타났다고 하는데, 흡혈귀가 대수겠소? 나는 뼈만 남은 해골이 걸어 다닌다 해도 이젠 놀라지 않을 것 같소.”

다소 거친 말이었지만 아무르 역시 동감하지 않을 수 없었다.

"바한, 당신은 흡혈귀를 본 적이 있나요?"

"흡혈귀의 자식을 만난 적이 있으니 그렇다고 해야 할 겁니다. 그녀의 자식 역시 미약했지만, 종족의 특성을 본다면 흡혈귀로 분류해야 마땅하니까. 최초의 흡혈귀는 뒷모습만 보았습니다."

세상에 흡혈귀를 본 사람이 있을 줄이야 몰랐다.

다른 사람이 흡혈귀가 있다, 흡혈귀를 봤다고 말한다면 면박이나 당하겠지만, 어쩐지 바한의 말은 신뢰성이 짙었다.

물론 이 상황에서 믿고 안 믿고의 여부는 상관이 없다. 다만 지극한 궁금함에 아무르는 물었다.

"정말 피를 빠나요?"

"그렇습니다. 피는 그 존재의 생명력이 가득하다는 설이 있는데, 그게 맞는지 틀린지는 모르겠으나 어쨌든 흡혈귀는 피를 빨고 삽니다. 고기나 풀을 섭취하지 않고, 매혹의 마안(魔眼)으로 사람의 정념을 흡수하거나 피를 빱니다. 그러나 지금은 그에 대한 주제로 시간을 낭비하는 건 그다지 매력적이지 않다고 생각합니다. 만약 여러분들이 삼색 욕망의 길에서 정면 돌파가 아닌 그녀를 잡겠다는 의지를 표방한다면 얘기는 달라지겠지만."

이 역시 틀린 말은 아니다.

아무르는 팔뚝에 일어난 소름을 쓸어내리며 물었다.

"당신이 판단하기에 정면 돌파가 나을까요? 아니면 흡혈귀를 잡는 게 나을까요? 저는 그냥 흡혈귀를 보느니 어떻게든 그냥 가고 싶은데."

바한은 조용히 그녀를 바라보다가 시선을 저 너머로 던졌다.

삼색 욕망의 길로 들어서는 곳, 그의 눈은 무수한 나무들의 군집을 넘어 그 이상을 바라보는 듯했다. 비록 처음 자신과 만날 때와는 많이 달라졌다고 하지만, 여전히 바한은 모호함과 신비로움 투성이라고 고르고는 생각했다.

"정면으로 돌파하는 게 낫습니다. 괜히 그녀를 잡으려다가 숲에 매혹당하게 되면 오히려 더 심각한 사태를 맞이할 가능성이 큽니다. 굳이 위험을 감수할 필요는 없습니다."

"좋아요. 그럼 일단 그곳으로 출발하죠."

네 명의 남녀는 목표를 정하자마자 길을 나섰다.

일행의 선두에서 어떻게 하면 이들에게 보다 안전하게 길로 이끌 수 있을까 고민하던 바한은 문득 괴상한 생각에 사로잡히는 자신을 막을 수 없었다.

만약 몰란덱과 아무르, 고르고가 지금 바한의 얼굴을 봤다면 상당히 놀라워했을 것이다. 그는 눈썹을 한껏 찌푸린 채 격동어린 눈빛으로 하늘을 쳐다보았다.

'이게 다 그녀가 꾸민 짓일까? 광신자를 끌어들인 것도, 이곳으로 유인하는 것도 그녀의 짓인가?'

확신할 수는 없었다.

세상을 살아가면서 앞날이나 타인의 생각을 확신할 수 있는 경우는 별로 없다.

그러나 바한은 자신이 세운 추리에 큰 위화감이 가지 않는 걸 느꼈다.

'꺼내 주길 바라는 걸까? 하지만 이제 와서 왜?'

마의 영역에서 그녀를 빼낼 수 있는 사람은 현재

로썬 자신밖에 없다.

확실한 사실이었다.

만약 이 모든 것이 그녀가 의도한 대로라면 삼색 욕망의 길도 그가 생각했던 것보다 호락호락하지 않을 것이다.

그렇지만 바한은 만약 이것이 그녀가 세운 책략일지라도 거부할 수 없다는 걸 깨달았다. 확실히 맹수 지옥과 광신자가 득실거리는 늪지대보다는 이곳이 나았다.

거기로 가면 일행을 보호하기 위해서 날뛰는 자신이나 몰란덱은 제대로 실력조차 발휘하기 어려울 것이고, 결국 일행 전체가 몰살당할 수도 있다.

'갈 수밖에 없겠군.'

‡ ‡ ‡

가빌라는 숨을 할딱이며 손을 부르르 떨었다.

한 생명의 몸에 가득 찬 붉은 액체를 덕지덕지

바른 만월도는 그의 또 다른 자부심이었지만 본래의 색을 잃어 도무지 강렬함과 아름다움을 풍기지 못했다.

산신성 최고의 철을 성내 최고의 대장장이가 만들어 명기(名器)라 불리기에 부족함이 없었지만 지금 그의 만월도는 이가 빠지고 흠집이 나 볼품없었다.

마치 그의 황폐한 마음과 같았다.

말도 안 되는 괴물들과의 접전은 하루가 멀다 하고 계속되었다.

우리의 용감한 산신성의 왕자는 적을 앞에 두고 두려움을 갖는 성격이 아니었지만, 상식적으로 이해할 수 없는 위협들의 연타 속에서 제정신을 차리기 어려웠다. 문득 정신이 들었을 때는 이미 그의 곁에 있는 용맹한 전사들의 수가 삼십이 채 되지 않았다.

엄청난 피해였다.

그러나 가빌라는 무지막지한 괴물들의 모습을 되새기며, 이만큼이나 살아남은 것도 천지신명의 도움이라 생각했다.

회색의 괴물들은 그 종류도 다양했다.

코뿔소, 코끼리, 사자, 표범, 늑대, 들개, 오소리, 사슴, 너구리, 독사, 다람쥐 등등 수를 헤아리기 어려운 괴물들이 그들을 노렸다.

산신성의 부대는 도무지 하나의 무리로 뭉쳐질 수 없는 괴물 부대의 맹공 속에서 공포에 질린 채 분투했고 결국 태반이 죽어 나갔다.

드넓은 개활지에서의 전투도 아니고 먼저 사냥할 용의도 아니었다. 이건 거의 학살이나 다름이 없었다.

다행인 것은 어느 순간부터 습격해 온 회색 괴물들이 나무만 건드리면 몸을 피했다는 것이었다.

꽤나 신기한 일이었지만 급박한 순간에 기지를 발휘한 그는 괴물들이 나타나기만 해도 멀쩡한 나무에 칼날로 큰 흠집을 내었다.

괴물들은 도망가고, 가빌라는 나무에 칼을 긁는 행위가 왜 괴물들을 물리치는 방도가 되는지 이해할 생각을 하지도 않은 채 길을 나섰다. 사실 이해할 정신머리도 되지 않았다.

"후우…… 길을 잃었군."

애초에 처음 들어온 길인지라 길을 잃고 자시고도 없었지만, 그는 다소의 곤욕스러움을 겪었다.

지금까지는 사방(四方)의 위를 판단하여 얼마나 왔는지를 대강이나마 판단했는데, 무자비한 전투 상황에서 그마저도 잊어버렸다.

되돌아갈 길이 제법 막막해진 것이다. 외부에서 판단한 광한수림의 드넓음을 생각한다면 이제 겨우 십분지 일이나 들어섰을 듯한데, 무작정 뚫고 들어가려 해도 암담하기만 했다.

"소성주님, 어떻게 할까요?"

지친 부하들의 물음에 가빌라는 울컥 화가 치미는 걸 느꼈다. 그리고 동시에 자책했다.

당장 자신만 해도 앞길이 막막한데 그걸 질문이라고 던진 부하의 무식함에 화가 났고, 그것이 한 무리의 장이 가져야 할 자세가 아님을 깨달았기에 부끄러웠다. 더불어 자신 역시도 당장 아무런 방도가 없음을 알기에 한숨만 나왔다.

"글쎄다. 나 역시 막막하기만 하구나. 일단은 무작정 진입할 수밖에 없을 것 같다."

여기까지 와서 불로불사의 비법을 찾느니 뭐니

하는 생각은 없었다.

당장이라도 이 지옥 같은 밀림에서 나가고 싶은 욕망만이 그들을 둘러싸는데, 그건 가빌라라고 다르지 않았다.

죽고 나서야 불로불사가 무슨 의미가 있겠는가. 세상만사 모든 일은 생명이 붙고 나서야 의미를 가질 수 있음을 모를 정도로 가빌라는 어리석지도, 어리지도 않았다.

기나긴 역사 속에서 광한수림을 지도로 제작하리라 마음먹은 어떤 정신 나간 작자가 없음을 가빌라는 안타까워했다.

하기야 확률적 측면에서 볼 때 그런 꿈과 목적을 가질 순 있어도 실행되기는 불가능했을 것이다.

일행은 무려 삼 일간 무작정 걸었다.

걷는 것에 이골이 날 정도로 세상을 떠돌았던 유목, 기마 민족의 후예들이었지만, 그들은 다리가 삐걱거리는 소리를 무시할 수 없을 정도로 피로에 휩싸였다.

가져온 식량은 회색빛 괴물들의 공격으로 소실되고, 이 공포로 무장한 광한수림의 열매들은 어떤 작용을 할지 알 수가 없어 먹기가 꺼려진다. 그들은 무려 삼 일 동안 굶고 물로만 연명하며 걸어야 했다.

하지만 가빌라 일행은 더 이상의 행로가 불가능함을 곧 깨달았다.

힘이 없어서도, 미쳐서도 더하여 모든 걸 포기해서도 아니었다.

없는 힘이라도 쥐어짜야 했고, 미치진 말아야 했으며, 포기라는 단어 자체를 떠올리지 말아야 할 극한 상황에 봉착했기 때문이다.

조심스레 나무 사이를 걸어 다니며 나타난 생물은 인기척이라고는 느껴지지 않는 고대 생물이었다.

가빌라는 웃어 버리고 싶었다.

이게 꿈이라고 믿고 싶었다.

그러나 산뜻한 숲속의 내음과 고약한 노린내가 뒤섞여 사방으로 퍼진 괴이한 냄새는 그들의 정신을 어느 때보다도 명확하고 급박하게 만들었다.

갈기는 물론 눈동자, 수염, 혓바닥 등 그 모든 것에 어울리지 않는 색깔이 부여된 거체(巨體)는 조용한 분노로 대지를 거닐었다.

이전에 봤던 회색빛 괴물들은 하나하나의 기괴함이 뭉쳐 더할 나위없는 공포를 선사했지만, 이 하나의 괴생물체는 존재 자체만으로도 삶을 포기하도록 만들었다.

이성이 없는 동물들조차 자살에 이르도록 만드는 절망의 다른 이름.

용과도 일전을 불사한다는 신화 속의 짐승이 그들을 드높은 곳에서 내려다보고 있었다.

일행은 단체로 이것이 꿈이 아닐까, 하는 몹쓸 상상을 해 보았다.

그러나 너무도 생생한 외관과 노린내, 사방을 에워싸는 위압감은 어떠한 꿈보다도 현실적이었다.

꿈을 꾸는 자가 꿈에서 깨면 지나치게 막막한 현실을 마주하기 마련이다.

꿈은 꿈이기에 웃을 수 있다는 유명한 명언이 있었지만, 현실은?

현실은 현실이기에 웃을 시간조차 없으니 입 다물고 목적에 전념하라는 격언이 존재했다. 가빌라는 목적은 조금 달랐지만, 그 명언이 가슴에 아주

와 닿았다.

"무, 무지개 빛깔……?"

"설마 저거?"

이 와중에도 비명을 지르지 않고 용케도 말을 내뱉는구나.

급박한 상황에서도 가빌라는 웃음이 나올 것 같았다. 그러나 그것은 찰나밖에 될 수 없었다.

사람이 눈으로 볼 수 있는 모든 빛깔들 중에서 가장 원형이 되는 빛깔들의 모임을 옹기종기 박아놓은 최악의 신화가 그들을 위협했다.

어허헝!

포효는 산사태가 되어 사방으로 존재감을 과시한다.

일순간 삼십여 명이 되는 기마 민족의 전사들은 귀를 막고 비틀거렸다.

정신을 차릴 수가 없는 포효, 가히 판주아 왕국 시절 최악의 살상 병기라 불리었던 화포(火砲)에 준할 만했다.

몇 명의 귀에서는 진득한 피가 흘러나와 손을 적시고 바닥에 뚝뚝 떨어지기에 이르렀으며 거의 대다수가 자신들도 자각하지 못한 채 오줌을 지렸다.

소리 한 번으로 사람의 몸에서 색깔이 섞인 액체를 강제로 뽑아낸 무지개 사자는 군왕의 발걸음처럼 위엄 섞인 몸짓으로 그들에게 다가갔다.

서두르는 기색 따위는 조금도 없었다.

그저 걷고, 내려다본다. 살기등등한 눈빛과 두터운 발바닥은 대지를 진동케 하는 파괴신의 강림.

"도, 도망쳐!"

어디로 도망을 칠까.

말할 수 없는 공포에 이제야 발걸음을 뗀 병사들이 사방으로 흩어지려 할 때, 달려 나가던 그들은 다시금 몸을 멈추어야 했다.

언제 나타났을까.

동서남북 사방위를 점한 무지개 사자'들'이 있었다.

총 네 마리의 괴물들은 귀신처럼 등장해 그들을 굽어보았다.

영웅은 세상이 위기에 빠질 때에서야 모습을 드러낸다지만, 그것은 희망과 공포에 휩싸여 분열되기에 이른 조악한 존재들에게, 느닷없이 찾아오는 절망 역시 다를 바가 없었다.

가빌라는 자신도 모르게 무릎을 꿇었다.

살아날 길이 보이지 않았다.

‡ ‡ ‡

오십 명이 단체로 만든 함정은 비록 완성도에서 백 점을 맞진 못했지만, 그럭저럭 효용성을 가졌다.

바닥을 넓고 깊이 파서 그 위에 나무줄기를 꼬아 그물망을 만들어 놓은 뒤, 그 위에 흙과 나뭇잎을 덮어 평평하게 만든다. 구덩이 밑에는 '나무' 하나를 쓰러트려 창살처럼 깎아 무수히 박아 넣는다.

조악하지만 가까이서 봐도 진짜 땅과 구분이 가지 않을 정도였다.

태양이 서서히 어둠 속으로 들어서자 달라무트는 수석대장 바즈라시를 시켜 한 명의 병사를 불러들였다.

그는 일행 중 그나마 가장 전투력이 떨어지는 이로 이전의 습격 때 괴물의 발톱에 조금 당했는지 오른쪽 팔에 붕대를 칭칭 감고 있었다.

"네 이름이 뭐냐?"

"아낙하라 합니다."

"모두를 위해서다. 너의 희생을 잊지 않겠다."

"예? 무슨 말씀이신지?"

불안감과 의아함으로 얼굴을 덕지덕지 바른 아낙하의 말투는 미세한 떨림을 보이고 있었다.

무의식중에 그 역시 심상치 않음을 느꼈음이리라. 그러나 바즈라시는 그가 반항을 할 시간도 주지 못한 채 뒤에서 칼을 휘둘렀다. 정확하게 목을 향한 두터운 칼날은 서글픈 바람을 안고 아낙하의 목을 파고들었다.

살을 파헤치고 뼈를 가르는 칼날은 무수한 피에 치장되었다.

떨어지는 목, 뒤늦게 깨달은 표정이지만, 시기의 늦음을 한탄할 새가 없다. 한 명의 병사가 그렇게 목숨을 잃었다.

같은 소속이라 함은 곧 피가 섞이지 않았지만,

영역과 목적을 공유하는 가족이라 할 수 있다.

바즈라시는 비록 자신에게 옹졸함과 치졸함이 없다고는 생각하지 않았지만, 설마 손수 가르친 병사의 목을 이런 당치도 않은 일로 베어야 할 줄은 상상하지 못했다.

그러나 이 한 명의 희생으로 나머지 사람들이 살 수 있다면 뭔들 못하겠는가, 라는 변명으로 자신을 합리화시켰다. 물론 그의 표정이 좋지는 못했다.

분수처럼 뿌려지는 피가 바닥을 적셨다.

단단한 흙은 하늘에서 떨어지는 물방울 외에도 이런 달콤한 감로수가 또 있었냐는 듯 벌컥벌컥 액체를 마셔 댔다. 많은 양의 피가 흐르고, 많은 양의 피가 사라졌다.

"옮겨라."

바즈라시는 아직도 찍찍 내뱉는 피로 억울함을 성토하는 아낙하를 들었다.

무거웠다. 한 손에 든 머리통은 피로 눈물을 대신한다. 그들은 급조한 함정으로 발걸음을 옮겼다.

무수한 가지들 사이로 스며든 석양의 빛깔은 아낙하의 분통함을 확연히 보여 주었다.

남은 병사들의 눈이 찢어질 듯 커졌다.

그 앞에서 달라무트는 당당히 외쳤다.

"아낙하는 우리를 위해 희생했다. 스스로 희생물임을 자처하고 나에게 목을 쳐 달라 당당히 말하는 의기를 보였다. 너희 모두 아낙하의 희생을 가슴 깊이 새겨라! 한 사람의 희생으로 오십 명이 넘는 이들의 목숨이 살아날 수 있다! 우리를 지금까지 미지의 공포와 분노로 몰아넣은 괴수를 잡는다면 나와 너희의 공이 아니라 아낙하의 공이다! 광한수림을 벗어나는 즉시 아낙하를 위해 백일제를 올릴 것이다!"

우렁찬 음색이었다.

비통과 회한이 엿보이는 말투는 더 이상의 반론은 물론 질문조차 허용하지 않겠다는 단단한 의지를 선보였다.

병사들은 몸을 떨었다.

분노와 슬픔, 안타까움과 공포로 물든 그들의 눈은 혼란으로 뒤섞였다.

그들이라고 모를 리가 없다. 적게는 오 년, 많게는 이십여 년 이상 연군성에 몸을 담은 병사들은 달라무트라는 인간이 어떤 상관인지 모를래야 모를 수가 없었다.

자칫 자신들이 강제적으로 희생양이 될 수도 있었다는 생각에 그들은 이를 악물었다.

처참하기 짝이 없는 죽음들을 봐 왔던 모아라는 달라무트의 후안무치함에 치를 떨었다.

'사람도 아니야!'

목적을 위해서는 사람 한 명 죽이는 걸 개미 밟아 죽이는 정도로 생각하는 냉혈한.

아랫사람을 배려하기는커녕 떠받듦이 마땅하다고 여기는 오만의 상전.

자신의 잘못은 사소하며, 타인의 잘못은 죽음에 준하는 대죄라 여기는 평등치 못한 사상을 가진 역겨운 인간.

그녀는 군왕을 연모하고 역사의 준험함 앞에 고개를 숙여야 마땅하다는 연군성의 가르침을 직접 행해야 할 성주라는 작자가 도대체 어떻게 이런 사악함을 가졌는지 이해할 수 없었다. 도무지 같은 종족, 사람이라고는 생각할 수가 없었다.

그러나 현실은 눈앞에 있고, 그녀에게는 아무런

힘도 없었다. 가진 거라고는 몇 가지 재주에 불과하지만, 기괴하기 짝이 없는 광한수림 내에서는 그마저도 활용이 불가능에 가깝다. 그녀는 그저 걷고 숨고 떨었던 것이 전부였다.

"이봐, 마술사!"

자학과 처참한 현실에 눈물을 흘리던 모아라는 고개를 퍼뜩 들었다.

그녀의 아름다운 눈동자에 형상만 인간일 뿐, 신화 속 악덕으로 똘똘 뭉친 악한 괴수의 고약한 눈동자가 투영되었다.

"너도 뭔가를 해라! 아무것도 못하는 무능력자를 배려하기 위해 널 데려온 게 아니야!"

"내, 내가 뭘 어떻게……?"

무너진 정신에 나약한 몸, 달라무트는 눈썹을 일그러트렸다.

"나의 병사는 스스로를 희생해 모두를 살리기 위한 의기를 보였다. 너는 무얼 할 거냐! 마술사라면 그 신비의 힘으로 우리의 생존에 작은 보탬이라도 되어야 할 것 아니냐!"

무도하기 짝이 없는 달라무트의 외침에 모아라

는 불연 듯 화가 치미는 걸 느꼈다.

오고 싶어서 온 길이 아닌, 협박에 의해서 몸을 실은 여정.

그저 세상 사람들의 웃음을 위해서 드넓은 땅을 오고 갔던 그녀에게는 미약한 재주만이 있을 뿐, 그걸 자의적으로 해석한 채 말도 안 되는 오해로 강제한 사람이 되레 호통을 치자 그녀는 억울함에 눈물이 나올 것 같았다.

"난 아무것도 할 수 없어요!"

"뭐라?!"

"이전에도 말했잖아요! 마술사는 당신이 아는 것처럼 신비로운 존재가 아니라 그저……."

"닥쳐!"

뭔가 번쩍 하는 순간 차갑고 섬뜩한 뭔가가 그녀의 목을 스쳤다.

그것의 정체를 알기까지는 그리 많은 시간을 요구로 하지 않았다.

짐승의 살가죽을 벗기고 나무에 표시를 해 둘 용도로 사용될 단검이 모아라의 왼쪽 목을 스치고 땅에 박혔다.

무자비한 공포에 모아라는 무릎을 꿇었다.

달라무트는 가히 흉신악살과 같은 표정으로 자신의 심정을 표현했다.

"너의 거짓말에는 신물이 난다! 그렇게도 죽고 싶다면 내가 직접 죽여 주랴?! 잔말 말고 뭐라도 하란 말이다! 마술사의 그 신비한 능력을 보여서 이 난국을 헤쳐 갈 힘을 보이란 말이야! 도움이 하나라도 되지 않을 시에는 독기를 억제할 약은 영원히 받을 수 없음을 깨달아라!"

숲이 쩌렁쩌렁 울릴 만한 목소리였다.

이런 심각한 상황에서도 웃을 수 있는 호인이 있다면 박수를 치며 창(唱)을 해 봄 직이 어떠한가 물어볼 만큼 우렁찬 성량이었다.

안타깝게도 이곳에는 그만한 배포는 물론 농담이라도 생각해 낼 유쾌한 사람이 단 한 명도 없었다.

모아라는 좌절과 슬픔, 무기력 속에서도 한 가지를 깨달을 수 있었다.

지금 달라무트의 말은 분노가 가득한 만큼 그 진실성 역시 높다는 것이다.

정말로 뭐 하나 보여 주지 않은 이상 그녀는 독기의 침범을 막지 못한 채 고통 속에서 자살을 꿈꿀 것이다.

죽음을 생각해 보지 않은 건 아니었지만, 차라리 자살을 생각해야 할 정도로 심각한 고통을 당한 채 죽는 최후는 꿈에서도 꿔 본 적이 없는 그녀였다.

그녀는 눈물을 닦았다.

달라무트의 인간성에는 진저리가 났지만 그 와중에 눈이 밝아지는 기분이었다.

'그래, 이대로 멍하니 있을 수만은 없어.'

과거는 과거일 뿐.

물론 치가 떨릴 정도로 고약한 과거임은 부인하기 어렵지만 눈앞에 현실이 있고 이건 그녀 혼자만의 문제가 아니라 모두의 생사가 걸린 중대 사항이었다.

그간 병사들은 못난 상관 때문에 지옥이 낫다 싶을 공포를 겪고, 공포에서 헤어 나오기 위해 많은 노력을 했다. 자신의 목숨도 문제지만 이런 중차대한 상황에서 그저 손가락만 빨고 있을 수는 없는 것이다.

모두가 힘을 합치지 못하면 결국 파국으로 치닫게 될 것이다.

그녀는 눈물을 훔치고 자리에서 일어났다.

결연한 표정의 그녀를 보며 달라무트의 얼굴에도 비릿한 미소가 어렸다.

"이제야 말귀를 알아듣는군."

"밧줄."

"뭐?"

"밧줄이 필요해요. 작은 단검하고 손거울 그리고 나뭇잎을 담아낼 바구니도요."

"그것들은 왜?"

"구해 줘요. 실망은 안 시킬 거예요. 밧줄은 되도록 길면 좋아요."

"무슨 짓을 하려는지 모르겠지만 알겠다. 드디어 우리 고명하신 마술사께서 몸을 움직이는군."

모아라는 다짐하고 또 다짐했다.

무슨 수를 써서라도 살아남고야 말겠다.

비록 생면부지의 병사들이지만 지금까지 고생도 많이 했고 웃음마저 잃어버린 그들에게 생의 환희를 쥐어 주리라 그녀는 다짐했다.

'하지만 당신까지 거기에 낄 수 있는 건 아니야.'

민중의 여신이라고까지 불리던 모아라의 두 눈에 원독의 빛깔이 애달프도록 조용히 스며들었다.

그리고 정확히 다섯 시간 후.

그들은 정체불명의 괴수를 사로잡았다.

3막 2장

범은 죽어서 가죽을 남기고, 사람은 죽어서 이름을 남긴다.

사람을 해하여 원성이 자자한 호랑이의 가죽이나, 일평생을 조용히 산속에 군림하던 호랑이의 가죽이나 별 차이가 없듯, 선행(善行)으로 이름을 남기나 악행(惡行)으로 이름을 남기나 세상에 남겨진 사람들의 무수한 이름들은 우리가 건드릴 수 없는 역사 저 너머로 사라진다.

다만 차이가 있다면 그걸 신경 쓰는 존재들이 전부 사람뿐이라는 것. 그래서 사람들이 우매하다는 것. 그렇기에 사람들은 발전할 수 있다는 것. 그래서 사람들은 겸허하지 못하다는 것.

하지만 아무도 그것에 대해 성찰하지 않는다는, 불편하기 짝이 없는 진실은 우리를 산봉우리 정상에 이를 수 없도록 한다는 것.

우리는 가능성을 가졌지만, 어떠한 영역에서든 영원과 완전을 입에 담을 수 없다.

—작자 미상 회고록

예일가(藝一家)는 거대한 대륙에서도 저 멀리 서쪽에 위치한, 서대륙에서 가장 강대한 성세를 자랑하는 '집단' 이었다.

누군가는 예일가를 나라를 대신하는 단체라고도 말했고, 누군가는 예일가를 그저 예술에 목숨을 바친 순교자들의 단체라고도 말했지만 정작 예일가에 대해 속속들이 아는 사람은, 그 가문 내의 사람을 제외하고는 아무도 없었다.

예일가의 가주 알베르트는 그런 세인들의 자질구레한 평가에 대해 왈가왈부하고 싶지 않았다.

그는 그저 세상에 존재하는 모든 예술을 집대성하여 몸 안에 품고 싶었고, '예술'을 위해서라면 목숨을 바쳐도 억울하지 않다고 항상 생각해 왔다.

그리고 그건 사실이었다.

삼십 년 전 그가 절벽에 핀 꽃 한 송이를 가까이 보기 위해서 아무런 장비도 하지 않은 채 산을 타다가 떨어져 구사일생으로 살아났던 사건은 그에게 있어 사건 축에도 끼지 못했으나, 예일가에 속한 다른 사람들은 그 엄청난 열정을 전설이라 부르며 경탄했다.

알베르트 역시 예일가라는 거창한 직함을 맡을 생각이 전혀 없었다.

그저 선대의 강제적인 물림에 의해 가주를 맡게 되었을 뿐이며, 그렇다고 그가 대외적인 홍보를 위해 노력한다거나 생산적인 일에 열정을 쏟는 것도 아니었다.

그는 여전히 그림을 그리고 학문을 탐구하고 마술에 힘을 쏟았으며, 시를 읊고, 노래를 불렀다.

남녀의 정사가 세상에서 가장 아름다운 육체 활동이라 불리었던 시기, 그는 그 모습을 그림에 담아내고자 여염집 담을 넘어 낯부끄러운 행위를 몰래 관찰하기도 했었다.

이쯤 되면 괴인, 기인이라 불리어도 부족함이 없지만, 그는 당당하게 '이것은 예술의 일면일 뿐, 당신들이 어떤 시선으로 보는지 모르나 난 내가 판단하고 내가 추구하는 예술을 보고 바라고 행했을 뿐이다.'라는 무신경한 발언을 한 전적이 있었다.

어떤 이는 그런 그를 보며 자기만족에 빠진 허황된 바보라고 했고, 어떤 이는 진정한 예술을 추구하는 문화발전자라고도 했다.

세인의 평이 어찌 되었든 그는 여전히 자신만의 독특한 세계에서 빠져나오지 않은 채 식사도 잊고 하루하루를 살아갔다.

덕분에 예순이 넘은 나이, 비쩍 마른 몸에 걷기도 힘든 생활이었으나 외관과는 달리 그의 열정은 비대해져만 갔다.

그런 그에게 날아온 비밀스러운 소문 하나는 귀를 번쩍 뜨기에 할 정도로 강렬한 것이었다.

—불로불사의 비법이 광한수림에 위치해 있다.

불로불사.

늙지도 않고 죽지도 않는, 영원한 고정으로서의 존재.

자연의 끝이며 존재의 불변성을 상징하는 네 글자.

알베르트는 소름이 돋는 것을 느꼈다.

'불로불사의 비법이라고?'

그는 육십 평생 이토록 강렬한 갈증을 느껴 본 적이 없었다.

대부분의 사람들에게 있어 불로불사란 꿈에 거하는 신화적인 개념이었다.

만약 그러한 개념이 실존한다면 거의 모든 사람들은 그 마약과도 같은 강렬함에 손수 취하려 들 것이며 타인에게 양보하려 하지도 않을 것이다.

그건 가족이라 해도 마찬가지.

혈육조차 잊게 만드는 악마의 손길. 그러나 천사의 이끌림으로밖에 보이지 않는 이중성.

알베르트는 욕설과 신화, 꿈과 비틀림, 악덕과 찬양으로 덕지덕지 얼룩진 불로불사의 방도라는 것에 말할 수 없는 관심이 가는 걸 느꼈다.

빗방울로도, 깨끗한 냇물로도 가시지 않을 갈증은 그를 못 견디게 만들었다.

죽기 직전 이러한 신비의 비법이 귀에 들어온 것도 행운이라면 행운이라고 알베르트는 생각했다.

육십 년의 삶을 살아 나름대로 삶에 통달했다고 여겼건만, 아무래도 이 세상이라는 녀석은 끊임없는 흥밋거리와 자극적인 사실들을 감질나게 보여주는 여인의 치맛자락과 비슷하다고 그는 확신에 확신을 거듭했다.

까면 깔수록 새롭고 독특한 사실들을 알아 가는 맛. 그 속에 피어나는 도도한 향기.

인간의 눈으로 가늠할 수 없기에 그저 바라보고 마음속 깊이 담아 둘 수밖에 없는 불완전한 존재인 자신이 그는 아주 만족스러웠다.

두툼한 여행복과 행랑, 약간의 노잣돈까지 철저한 준비를 마친 그를 보며 그의 아들 노스라토는 의아한 얼굴로 물었다.

"아버지, 어디 가는데요?"

나이 사십이 넘도록 아버지에게 이토록 철없이 말하는 아들도 드물 것이다.

그러나 알베르트는 그에 대해 신경을 쓰고 싶지도 않았고, 실제로 지금껏 신경 쓴 적이 없었다.

"광한수림에 간다."

적어도 현재를 살아가는 사람들에게 있어서 광한수림에 간다는 말은 죽겠다는 말과 완전한 동의어였다.

노스라토는 드디어 우리의 아버지가 제대로 돌았다는 판단을 확신하게 되었다.

그는 자신이 생각한 바를 아무런 포장도 거치지 않은 채 바로바로 말하는 사람이었지만 아버지 노망 걸리셨냐는 무도하기 짝이 없는 말을 한다면 십중팔구 이 자리에서 뼈를 묻게 될 것임을 의심하지 않았다.

튀어나오려는 말을 억지로 꾹꾹 집어넣은 그는 살짝 뒤로 물러서기로 했다.

"거긴 왜요?"

"불로불사의 비법이 있다던데?"

노스라토의 눈이 동그랗게 변했다.

"불로불사의 비법?"

"소문이긴 한데, 요새는 통 무료해서 살 수가

있어야지. 좀 힘들긴 하겠지만 죽는 한이 있더라도 거기 가서 소문이 사실인지 확인해 봐야겠다."

"아니, 그게 말이나 되는 소문이에요? 그건 제치고서라도, 나이도 드실 만큼 드신 분이 불로불사의 비법을 얻어서 뭐하시게요? 삶아 드시게, 달여서 드시게?"

알베르트는 충격을 받았다.

그제야 그는 자신이 불로불사의 비법을 갖고 뭘 할지 생각한 적은 단 한 번도 없었다는 걸 깨달았다. 골똘히 생각에 잠겨든 알베르트는 이윽고 버럭 소리를 질렀다.

"몰라, 인마! 그냥 가 보는 거지 뭘 자꾸 따져?!"

"광한수림에 간다며요? 거기 가면 죽어, 아버지."

"내 안 가르치디? 오늘 찬란한 예술품을 두 눈으로 볼 수 있다면 내일 죽어도 좋은 거야. 알아, 몰라?"

"뭐, 그것도 그렇다고 칩시다. 근데 불로불사의 비법을 보기도 전에 죽어 버리면 말짱 황이잖아?

광한수림에 뭐가 있는 줄 알고?"

그것도 문제였다.

논리적으로 반박의 여지가 없는 아들의 화법을 보며 알베르트는 귀를 틀어막고 싶은 심정이었다.

어렸을 때 그렇게 책을 많이 읽더니 예의와는 담 쌓은 주제에, 화술 하나만큼은 독보적이다.

적어도 알베르트에게는 그랬다. 그는 깡깡 마른 다리로 아들의 엉덩이를 걷어찼다.

"이 자식아! 너는 똥 쌀 거 걱정하면서 밥 처먹냐?"

"똥 쌀 거 걱정하면서 밥 처먹진 않지만, 눈앞에 빤히 독사들이 우글거리는 데 발 담글 정도로 바보는 아닌데요?"

알베르트는 잠깐 고민에 잠겼다.

그는 광한수림으로 떠나기 전에 아들의 입술을 실로 꿰매는 게 나을지 주먹으로 후려쳐 주둥아리를 닥치게 만드는 게 나을지 저울질했다.

그러나 아들이랍시고 따박따박 따지고 드는 빌어먹을 놈은 자신보다 한참이나 젊으며, 늙으신 아비의 주먹과 바느질 정도는 충분히 피할 정도로 체력이 좋다는 걸 간신히 떠올렸다.

방금 자신의 입이 세상에서 가장 희귀한 꼴로 변했을 수도 있다는 걸 아는지 모르는지 노스라토는 연신 혀를 놀려 댔다.

"그것뿐인 줄 알아요? 여기서 광한수림까지가 얼마나 먼데요. 하루 종일 걸어서 가도 칠 개월은 족히 걸리는 엄청난 거리라고요. 아버지 체력이면 가다가 무릎 다 빠개진다니까."

"말 타고 가면 되지."

"흔들리는 말 몇 달 동안 타면 척추 내려앉아요. 뼈마디 시리다고 꽥꽥 질러 댄 지가 몇 년째인데 그걸 몰라요?"

기어코 알베르트는 노성을 지르고야 말았다.

"확 주둥아리 안 닥쳐?! 기어코 네놈 입술에다가 말똥이라도 처먹여야 닫을 거냐!"

체력은 없지만 박력 하나만큼은 이 시대 최고의 전사라는 도깨비 전사 몰란덱보다도 더 하다는 평가를 받는 사람이 알베르트라는 걸 노스라토는 잠깐 까먹었다.

그리고 자신이 그걸 까먹었다는 것에 대해 유감

조차 느낄 수 없었다.

눈앞에서 뼈가 다 보이는 주먹이 휙휙 날아다니는데, 그럴 정신이 있는 사람 어디 있을까.

"잠깐만! 그럼 나도 같이 가요!"

알베르트는 씩씩대며 숨을 고르다가 눈을 동그랗게 떴다.

부자지간이 아니랄까 봐 노스라토의 눈과 판박이였다.

"뭐?"

"나도 명색이 예일가 가주의 아들 아뇨. 같이 가서 한 번 보자고요."

"결혼도 안 한 노총각이 씨도 못 뿌리고 죽으면 억울하지 않겠냐?"

"참나. 아버지도 딱 아시네, 거기 가면 죽을 거라는 거."

한 번 더 주먹을 치켜드는 아버지를 보며 노스라토는 번개가 무색케 뒤로 물러섰다.

그는 한 번 더 아버지의 노성이 들리기 전에 부친의 신경을 조금 가라앉혀야겠다고 생각했다.

그러나 그의 말은 오히려 부친의 울화를 돋우는

데 한몫했다.

"내가 이 나이까지 노총각인 거는 다 아버지 때문이잖아요. 다른 사람들, 우리 가문 존경할지는 몰라도 다가오진 않다는 걸 몰라요? 아버지가 워낙 해괴한 짓거리만 하고 다니니까 아직까지 나 좋다는 여자가 없는 거 아닙니까. 나, 순수한 피해잡니다."

"웃기고 앉았네. 지가 능력이 없어서 여자 하나 꾀지도 못한 걸 아버지 탓으로 여기는 불효자가 세상천지 어디에 있단 말이냐?"

"여기요."

정확하게 한 시간 뒤, 속이 다 시원하다는 듯 상쾌한 표정을 짓는 알베르트와 오른쪽 눈이 퉁퉁 부은 노스라토가 말을 끌고 예일가를 떠났다.

예일가의 집사는 삼 일이 지나서야 편지 한 장도 남겨 두지 않은 채 떠나 버린 못 말리는 두 부자의 행태를 깨닫고 절규했다.

"근데 아버지. 진짜로 불로불사의 비법이라는 게 존재할까요?"

"몰라 인마. 그래도 아니 땐 굴뚝에 연기가 나

겠냐?"

"말도 안 되는 속담 하나만 믿고 나서기에는 너무 위험한데."

"……너 다시 가라."

"그냥 그렇다고요."

"이 자식아. 귓구멍 후비고 잘 들어. 예술이라는 건 말이야, 괴발개발 그린 막장 그림에도 숨 쉬고 있는 거야. 지금까지 광한수림을 본 사람이 얼마나 있겠냐? 불로불사의 비법이 없으면 또 어때? 이참에 광한수림 유람이나 해 보지 뭐. 그게 예술인이라는 거다."

"세상에 예술인 다 죽었네."

"맞아. 이왕 이렇게 된 거 너도 오늘 죽어라."

"자, 잠깐만! 아버지, 그거 칼이야! 진짜 칼이라고요!"

‡ ‡ ‡

아직 세상의 끝이 어디이며 어디에서부터 시작하는지, 몇 개의 섬으로 이루어졌는지, 어떤 동물들이 날뛰고 있는지조차 전부 알아내지 못한 인간들에게 있어서 신비한 일은, 또한 그렇게 신비롭게 다가오지 못할 수도 있다.

간혹 세상의 모든 신비를 파헤치고자 무자비하다 일컬을 정도로 열성적으로 탐구하는 사람이 아닌 경우 삶에 찌든 대다수의 사람들은 놀랍고 신비하지만, 동시에 그리 놀라운 일은 아니라고 생각할 수 있다.

세상은 넓고 알려지지 않은 비밀들도 많음을 알고 있으니까.

사람만큼 적응에 빠른 종족도 없기 마련이다.

그렇듯 몇몇 사람에게는 특히 신비와 불쾌함 등의 이름으로 다가오는 일들이 일어나기 마련이지만, 일전 배도도 총교장이 아무르에게 말했듯, 그러한 대단한 변화와 사건들은 모두 자연이 당황하지 않을 만큼의 영역에서 일어나니 사람들의 눈에는 신기하게 보일지언정 자연은 언제나 그 자리를 지키고 있다.

세상이자 자연은 언제나 겸허하고 친절하게, 유동적인 철기둥이 되어 사방에 열주를 세울 뿐이다.

그러나 아무르는 눈앞에 숲을 보면서 정말 세상에 이런 풍경이 또 있으리라고는 설령 신이라 해도 알 수 없었을 거라 생각했다.

철학자를 자부하는 자신이 함부로 신을 언급한 것에 대해 살짝 부끄러워졌다.

삼색 욕망의 길은 어느 영역에서부터 시작한다는 선이 없었다.

어느 순간 찾아오는 그림자와 같은 은밀함이 있었다.

그 은밀함은 숨어서 사냥하는 포식자와 비슷했고, 당하는 사람은 찍소리도 나오지 않을 만큼의 경악 때문에 몸이 굳어 버린다.

지금까지 평범한 숲이었다가—물론 말도 안 되는 크기의 나무들의 합이었지만— 한 발자국 옮기자마자 눈앞에 전경이 싹 다 바뀌어 버리는, 신비나 기괴라는 단어로도 설명하기 벅찬 광경을 보고 아무르는 얼어 버렸다. 그리고 그건 비단 아무르뿐만이 아니었다.

평범한 숲이었는데, 어느 순간 바뀌어 버렸다.

이건 대단히 놀랄 만한 일이다. 세상에 어떤 오묘한 법칙이 있어서 이런 기괴하기 짝이 없는 일이 벌어지는지, 경험 많은 전사인 몰란덱으로서도 알 수가 없었다.

나무에서부터 나뭇잎까지 온통 붉은 나무들이 사방으로 퍼져 있었다.

발이 닿는 바닥에는 싱그러운 풀들이 안온한 바람에 몸을 맡겨 춤을 추었고, 새보다도 높이 나는 나비들은 세상에서 가장 아름다운 천사의 노래였다.

저 멀리 보이는 산은 구름을 뚫고 올라서 신비함을 더했고, 풀을 뜯으며 여기저기 돌아다니는 사슴과 양들의 모습은 사람들이 그토록 원하는 평화 그 자체였다.

놀라운 건 살짝 튀어나온 바위에 자리를 잡은 붉은색 소나무 밑으로 몇 마리의 호랑이들이 하품을 하며 누워 있다는 것이었다.

그런 생태계 최고의 포식자가 있음에도 사슴과 양은 도망칠 생각을 하지 않고, 호랑이 역시 그들을 사냥할 마음이 전혀 없어 보였다. 아무리 생각해도 이해할 수 없는 조합이었다.

그러한 광경을 보면서도 바한의 무덤덤한 얼굴은 변함이 없었다.

"여기가 삼색 욕망의 길 중 처음인 붉은 나무의 숲입니다."

흡혈귀가 만들었다는 사실 따위는 이미 기억 저 너머로 보내 버린 채 환상에 사로잡힌 고르고는 찬탄을 터트렸다.

"정말 듣던 대로 아름답네요!"

아름다움은 고사하고 추함에서조차 무감각의 극치를 자랑하는 몰란덱도 눈앞에 풍경을 보며 입을 다물지 못했다.

그는 희망의 성에서는 물론, 세상에서 가장 강하다는 평가를 받는 육체파 선구자. 그만큼의 경험과 지혜도 덤으로 소지하고 있는 전사였다.

그런 그도 이만큼이나 환상적인 풍경을 본 적이 없었다.

붉은 나무들은 섬뜩함보다 안온함을 주었고, 끝없이 펼쳐진 하늘에는 조각처럼 부서진 구름들이

수놓아져 아름다움을 더했다.

거인의 손가락처럼 솟은 산은 장엄함의 극치였다.

아름다워 봤자 얼마나 아름답겠어, 라는 몇 시간 전의 생각을 가뿐하게 넘어서는 매혹의 광경은 우리의 거대 전사의 눈마저 현혹시킬 만큼 압도적이었다.

"대단하오. 눈이 다 부실 지경이군."

황량한 바깥세상에서는 감히 상상조차 할 수 없는 아름다움이었다.

밀려드는 꽃향기는 은은하면서도 강렬해 사람을 취하게 만든다. 나뭇가지에 앉은 새들이 지저귀는 소리는 세상에서 가장 아름다운 음악이었다.

풍경에 취해 침이 흘러도 흐르는지 깨닫지 못한 두 명의 바보들과는 달리 아무르는 눈살을 찌푸리는 놀라운 기술을 선보였다.

적어도 그녀의 표정은 실력 없는 화가가 장난처럼 그어 댄 낙서 자국과 같이, 이곳과 절대로 어울릴 수 없는 부정적 감정을 그대로 드러냈다.

"바한."

"말하십시오."

"물론 아름다운 풍경이라는 건 알겠고, 신비로운 현상으로 우리가 이 영역에 들어왔다는 것도 충분히 인지는 하겠는데요…… 생각보다 별로 대단치는 않은데요?"

고르고가 그녀에게 힐난의 기색을 보냈다.

"교장님! 대단치가 않다니요? 여기 꽃들을 보세요! 얼마나 아름다워요? 바깥에서는 이런 광경을 절대로 볼 수 없다고요! 세상에, 옛날에는 쥬만고원 일대가 대단한 절경이라 무릉도원이라는 별칭으로 불렸다면서요? 신수마부가 그곳에서 산신 호랑이와 무지개 사자들을 만난 장소로 유명했었죠. 무릉도원이 바로 이곳 같아요!"

"그건 나도 인정해요. 내 말은 여기가 그저 그런 초가집 앞마당이냐고 묻는 게 아니에요. 분명 삼색 욕망의 길은 사람의 욕망을 끌어내서 완전히 취하게 만든다고 했잖아요? 분명 아름다운 건 사실이지만 바한 당신이 말한 것만큼의 그 마력적인 힘은 없는 것 같은데요? 나만 그런 건가요? 혹시 용이라도 하나 튀어나온다면 몰라도 당신이 한 말과는 너무…….”

바한은 그녀의 말을 전부 듣지도 않고 조용히 손을 들어 저 멀리를 가리켰다.

자신의 말을 끊은 약간의 무례에 대해 불평을 하려던 그녀는, 문득 그의 손을 따라 시선을 옮겼고 동시에 비명을 지를 뻔했다.

거의 초절하다는 표현이 맞을 정도로 경악하는 그녀의 얼굴은 이제야 이 영역에 어울리는 표정이라고 고르고는 생각했다.

그러나 이마에 주름 몇 개로 절경에 흠집을 냈던 그녀가 도대체 무엇에 놀라 이런 열정적인 표정으로 뒤바꿨는지 그는 의아했다. 그래서 그 역시 아무르의 시선이 머문 곳으로 눈을 돌렸다.

고르고는 아무르가 왜 그렇게 놀랐는지 납득할 수 있었다.

저 멀리서 뭔가가 날아오는데 까마득히 멀어서 정확히 판단하기 어려웠지만 날갯짓의 장엄함은 충분히 느낄 정도로 힘차고 역동적이었다.

뱁새처럼 사정없이 흔들지도 않고 잠자리처럼 보이지 않을 만큼 현란하지도 않았다. 그저 쭉 편

날개는 허공을 가로지르고, 중간에 몇 번씩 펄럭일 뿐이었다.

멀어서 깨닫지 못했지만, 날갯짓을 하는 존재의 속도는 번개와 같았다. 어느새 눈앞으로 다가온 '그것' 은 순식간에 커져만 갔다.

'으아악!'

입으로 비명을 내질러야 마땅했지만 바람만 삼키고야 말았다.

엄청난 속도로 날아와 허공을 한 바퀴 돌고 천천히 밑으로 내려서는 한 마리의 괴수가 있었다.

괴수의 날갯짓 때문에 나무와 풀, 꽃들이 광란의 춤을 춰 댔다. 몸이 날아갈 것 같은 바람 때문에 아무르는 반사적으로 바한의 팔을 움켜쥐었다.

그대로 있다가는 여기서 현자성까지 직선으로 날아갈 것만 같은 기분, 썩 나쁘진 않았지만 실행되는 순간 지옥을 맛보게 될 것이라는 건 자명하다.

바람이 잠잠해지고 드러난 괴수의 정체는 아무르를 경악하게 만들었다.

"요, 용?"

비단 장막처럼 펼친 두 개의 날개는, 성이랍시고 돌을 날라 만들어 낸 크나큰 건물을 덮을 정도로 거대하다. 더없이 굵은 나뭇가지처럼 기괴하게 튀어나온 두 개의 뿔은 위엄의 상징이었고, 가슴께까지 내려오는 수염에 투명하게 빛나는 몸체, 광신자와 닮은 듯하지만, 훨씬 강인하고 장엄해 보이는 육체가 세상을 압도한다.

스스로를 미르라 칭하는 종족.

고대에 국가라는 개념을 최초로 만들어 내며 굳강한 법제와 포근한 도덕을 근간으로 하여 짧지만 태평성대를 열어젖힌 왕의 다른 이름.

고르고는 입을 쩍 벌리고, 몰란덱 역시 도끼를 쥐었다. 그러나 휘두를 힘이 없어 멍하니 신화 속의 존재를 바라보았다.

"용! 저거 용 맞죠?"

"당신에게는 맞을 겁니다."

바한의 의문 어린 대답에 아무르는 용에게서 시선을 떼 그를 쳐다보았다.

아무런 말도 듣지 않은 채 이 엄청난 존재를 감상하고 싶었지만 바한의 말투가 워낙 차갑고 냉랭하여 신화와 상상으로 얼룩진 그녀의 시선을 강제로 바닥 치게 만들었다.

"그게 무슨 말이죠?"

"붉은 나무의 숲은 사람에게 환상적인 미(美)를 보여 줍니다. 사람이 바라는 모든 아름다움을 다 보여 준다고 해야 옳겠죠. 당신은 말투로써 날 비꼬는 듯했지만, 마음 깊숙한 곳에서 '용이라도' 나오길 기다린 겁니다. 이곳은 사람의 상상과 바람을 그대로 실현시켜 주는 아름다움의 극치입니다. 당신 머리에서 뛰노는 용은 저렇게 생겼군요."

사람의 상상을 현실로 보여 준다.

이 어처구니없는 설명에 몰란덱과 고르고, 아무르는 입을 쩍 벌렸다.

내가 상상하는 용, 내가 바라 왔던 용, 이곳에 있었으면 하는 바람이 눈앞에서 그대로 나타났다는 건 어떤 고약한 이의 장난질과는 아예 비교를 불허하는 신선함이 있었다.

"상상하는 바가 현실로 나타난다고요?"

"그렇습니다. 물론 그것이 명예라든지 철학, 사랑, 존경 등의 모호한 개념으로써의 것을 보여 주진 못합니다. 그러나 우리가 상상하여 실제 눈앞으로 볼 수 있는 아름다움은 여지없이 펼쳐집니다. 시각적인 아름다움이라 할 수 있겠습니다. 아무르는 이 완벽에 가까운 아름다움 속에서 하나의 결점을 발견했고, 그것이 용이라고 무의식적으로 생각했던 모양입니다. 그래서 나타난 겁니다. 실제 용이 이렇게 생기진 않았을 겁니다. 아무르가 상상해낸, 아무르만의 용입니다."

나만의 용이라…….

아무르는 결국 자신도 남들과 다를 바 없이 허세를 등에 업고 방어 기제가 완연한 사람들 중 하나라는 사실에 부끄럽기 짝이 없었다. 동시에 자신이 상상하던 존재가 실제로 나타난 것에 정신이 팔리는 것도 어쩔 수 없음을 느꼈다.

내가 상상하는 것이 눈앞에 나타났다. 이것은 사람을 황홀감으로 미치게 만드는 마력이 있다.

고르고는 허둥지둥 대다가 잠시 눈을 감았다. 그리고 조용히 눈을 떠보았다.

일순간 나타난 칠 채색의 아름다운 꽃은 영롱하리만치 빛나고 있었다.

드넓은 대지에 피어난 무수한 꽃 중에서도 단연 돋보이는 꽃의 말로 형용하기 힘든 아름다움이란 몰란덱의 시선마저도 잡아채는 낚싯줄과 같았다.

총 일곱 개의 꽃잎은 일곱 개의 색깔로 물들어 있었다.

무지개 사자의 빛깔보다 훨씬 고귀하고 고결한, 인세에 존재할 수 있는가 의문이 들게 하는 신선함이 여기에 있었다.

고르고의 눈이 환희에 젖었다.

"부, 부활화!"

꽃 중의 꽃.

세계를 정지시킬 정도의 위험함이 있지만, 위험함과 추악함은 항상 아름다움에 둘러싸여 있다는 통설을 떠올리게 만드는 꽃이었다.

아름다움에 취해 위험함을 보지 못하게 만드는, 지저 깊숙한 곳에 살아 숨 쉬는 악마들의 처세술.

몰란덱 역시 홀린 듯 부활화를 바라보았고, 아무르 역시 용에게서 눈을 떼 부활화를 보았다. 그때 바한의 냉막한 목소리가 그들의 머리를 사정없이 일깨웠다.

"고르고의 부활화입니다. 실제 부활화가 아닙니다."

현실을 직시하는 눈과 목소리였다.

조금의 미동도 없는 바한의 목소리는 느닷없이 봄에 부는 한풍과 같은 매서움이 있었다.

그러나 고르고와 몰란덱은 이제 바한의 말에 신경조차 쓰지 못하는 것 같았다.

고르고의 상상은 상당히 풍부해서 부활화는 물론 자연을 의인화한 아리따운 신과 온갖 풍경들을 만들어 냈다.

처음에도 아름다웠지만, 고르고의 상상이 더해진 붉은 나무의 숲은 점점 더 아름다움을 증가시키고 있었다.

몰란덱이 상상한 수많은 병기들과 고대 전사들의 모습은 평화와 절대적인 미로 점철된 이 세계를 지켜 주는 신장이 되었다.

그가 존경했던 판주아 왕국의 마지막 대장군과, 온갖 전설을 낳았던 무장들의 모습이 그림처럼 나타나기 시작한다.

그러나 두 명의 남정네들과는 달리 아무르의 표정은 점점 어두워지고 있었다.

사람으로 태어났다면 평생 이곳에 살아도 좋다는 마음을 들게 하는 이 절대적 마력에서 그녀는 되레 흥미를 잃고 시들어진 꽃처럼 보였다.

바한은 물었다.

“몸이 좋지 않습니까?”

“아뇨. 그렇진 않아요.”

“그런데 흥미를 잃은 듯 보입니다.”

“흥미롭긴 해요.”

“표정이 좋지 못하군요.”

그녀는 머뭇거리다가 이내 한숨을 내쉬었다.

“나는 철학자임을 자부해요. 아직 많이 부족함을 알지만, 난 세계와 사람의 근본 원리에 대해 알고자 노력하는 사람이라고요. 하지만 이건…… 세상이 아니에요. 그걸 깨달았어요. 이 세상은 결코 이렇게 아름다워질 수 없어요.”

“이유를 들을 수 있겠습니까?”

“당신이 호기심을 품을 때도 있었군요? 나는 세상이 결코 아름답지 않다고 생각해요. 아름다운 세상은 존재할 수 없어요. 그건 그렇게 생각한다는 걸로도 표현하기 힘들어요. 거의 확신에 가깝다고 할까요? 우리가 사는 대륙은, 세상은 집단에게 있어서 동일하게 아름다워 보이는 것이 아예 불가능하다는 거죠."

"그렇습니까?"

"그렇죠. 왜냐면 그 많은 사람들의 개성이 다르기 때문이에요. 어떤 사람들은 꽃을 보며 아름답다고 하지만, 어떤 사람은 혐오감을 가질 수도 있죠. 어떤 사람은 호랑이를 보면서 더할 나위 없는 강렬함에 매혹당하지만, 어떤 사람은 공포와 원한을 가질 수도 있어요. 모든 사람에게 아름다워 보이는 세계는 없어요. 같은 선상의 문제로, 모든 사람에게 아름다운 세상은 존재할 수 없다는 거죠. 상상하는 아름다움이 나타나는 이런 세상은 모순에 불과해요. 붉은 나무의 숲이라고 했죠? 이 세상은 저의 눈에 너무도 부자연스러워 보이는 세계에요. 만약 내 상상으로 만들어진 용이 나타나지 않았다면 도리어 '부족한 아름다움'에 매혹을 당했겠지만, 난 상상이 현실이 되는 이곳에서 아름다움보다 안타까움이 들어요. 절대로 일어날 수 없는 일이라는 걸 알고 있으니까요."

말을 하면서도 그녀는 어딘지 안타깝고 불편해 보이는 모습이었다.

그것을 보며 바한은 자신조차도 잊고 있던 한 가지 가능성을 떠올렸다.

그가 떠올린 가능성이란 것은 삼색 욕망의 길을 최대한 안전하게 빠져나갈 수 있는 방법에 속해 있었다.

그리고 그것을 떠올리며, 역시나 이곳의 영역을 만든 '그녀'의 의도를 짐작할 수 있었다. 거의 확신에 가까운 짐작이었다.

'역시 그랬군.'

알고서도 당할 수밖에 없다.

비록 말을 나누지 않았지만 '그녀'는 숲 전체로 자신과 대화하고 있었다.

일방적인 대화, 유쾌하지 못한 소통.

모두가 안전할 수 있는 길.

불안하기 짝이 없지만, 한 명의 목숨조차 스러지지 않는 안전한 길. 그러나 나 자신의 목숨을 담보로 하는 일.

그는 자신을 제물로 바치기로 결심했다.

'모두에게 가능성이 있다.'

그의 눈이 고르고와 몰란덱을 한 차례 훑어 갔다.

무수한 시간을 영위하면서, 동시에 자신조차 잊어 가면서 그는 많은 걸 얻었지만, 동시에 많은 걸 잃었다.

바한은 그에 대해 유감을 느끼진 않았지만 가슴, 머리로도 표현이 될 미지의 영역이 횅해졌다는 느낌을 지우기 힘들었다.

바한의 눈이 이번에는 거대한 바위에 뿌리를 박은 소나무로 향했다.

붉은 소나무는 여전히 아름답기 짝이 없었다. 그러나 냉정하기 이를 데 없는 그의 눈동자는 주렁주렁 열린 솔방울 중 하나의 색깔이 조금씩 검게 물들고 있다는 걸 잡아낼 수 있었다.

"아무르."

"네?"

"저기 소나무에 달린 솔방울이 검은색으로 변한

게 보입니까?"

"어? 그러네요?"

"대략 열 개의 솔방울이 검은색으로 변하게 되면, 당신이 가장 끔찍하게 생각했던 괴물을 상상하십시오. 고르고와 몰란덱을 놀라게 만들 정도로 크고 혐오스러운 걸로 상상해야 합니다."

아무르의 눈에 어리둥절함이 묻어 나왔다.

"혐오스러운 괴물을 상상하라고요? 그게 무슨 말이죠?"

"내 말을 믿으십시오. 결과는 뒤에 나타날 겁니다."

"아니, 그건 그렇다고 치고, 이곳에서는 아름다운 것밖에 나타나지 않는다고 했잖아요? 내가 혐오감을 느끼는 괴물도 나타날 수 있나요?"

"당신이라면 가능합니다. 이 영역 안에서 부조리함과 부자연스러움을 느낀 당신이라면 상상해 낼 수 있습니다. 가능성의 여부는 떨쳐 내십시오. 완전한 믿음만이 당신의 두려움을 살려 낼 수 있습니다. 이미 도취되어 버린 고르고와 몰란덱은 힘듭니다. 이곳이 전혀 자연스럽지 않다, 라는 걸 출발하기 전에 내 설명을 들은 저 둘도 알고 있지만, 가슴 한구석에 숨겨 두고만 있지, 펼쳐 내진 못하고 있습니다. 이 상태로 시간이 지나면 그들은 자신들이 알고 있는 진실조차 외면해 버릴 겁니다. 그걸 깨어 버릴 방법은 절대로 아름답지 않은, 누구의 눈에게나 추악하게 보이는 걸 꺼내는 방법밖에 없습니다."

"그게 이곳에서 빠져나가는 방법인가요?"

"지금은 그게 방법입니다. 시간이 많지 않습니다. 집중하고 집중하십시오."

뭐가 뭔지 정신을 차리기 힘든 말이었다.

그러나 아무르는 일단 바한의 말을 믿기로 했다.

신경 건드리는 요사한 말을 많이 하는 바한이었지만, 적어도 그가 뱉은 말 중에서 지금까지 거짓은 단 하나도 없었다.

검은색으로 물든 솔방울은 이내 하나둘 늘어 갔다.

그 속도가 달팽이 달리는 속도와 버금갈 정도인지라 아무르는 권태마저도 느꼈다. 그리고 그런 아무르를 보며 바한은 이곳을 나갈 확률이 점점 높아지고 있다고 생각했다.

아름다움과 권태.

집필가가 같은 문장 안에서조차 쓰기 힘든 단어의 조합.

아무르는 이곳에서 벗어날 수 있는 신호탄이 될 수 있을 것이다.

작은 동산이 고르고와 몰란덱의 온갖 아름다움으로 치장되어 발 디딜 곳조차 없어질 무렵.

마침내 솔방울 열 개가 검은색으로 변했다.

아무르는 눈을 감았다.

'누구에게나 추악해 보일 만한 괴물.'

누구에게나.

세상 모든 사람에게 추악해 보일 만한 괴물이 세상에 있을까?

그것은 세상 모든 사람들이 아름다움을 느끼는 이 영역과 같은 선상의 문제일 것이다.

그녀는 진저리를 치며 더 이상 '절대' 라는 말을 떠올리기 싫어졌다.

그녀는 어렸을 때를 떠올렸다.

부모 없는 고아로 자란 그녀는 강보에 쌓여 현

자성 대문 앞에 던져졌다. 그런 그녀를 발견한 현자성의 학자들이 그녀를 키웠고, 아무르는 십 년이 넘어서 현자성 최고의 기대주로 떠오르게 되었다.

그러나 천재 여학자라는 별칭이 붙기 전에 그녀에게도 어린 시절은 있기 마련이다.

그녀는 침대에 누워 잠을 청하기 전 자신에게 동화 속 이야기를 해 주던 배도도 총교장을 떠올렸다.

그리고 그의 입을 통해 그녀에게 각인된 한 마리 흉악한 괴물의 존재까지도.

머리가 커 지극히 이성적으로 변한 나이가 되었음에도 그녀는 거미를 싫어했다.

그것이 어린 시절 거미 괴물에게 죽은 한 나라의 공주 이야기 때문이라는 걸 그녀는 부인하기 어려웠다.

둘 이상의 눈과 징그러운 다리들로 거미줄을 쫙쫙 쏘아 대는 벌레를 그녀는 썩은 음식물보다 싫어했다.

순간 하늘에서 뚝 떨어진 것처럼, 아름다움으로

한껏 치장된 이 세계에 어지간한 성채보다도 큰 거미가 나타났다.

"헉!"

"뭐, 뭐야?!"

고르고와 몰란덱은 느닷없이 나타난 거대한 거미를 보며 뒤로 넘어질 뻔했다.

시커먼 색, 태양빛을 받은 수많은 눈동자는 희미한 광채를 발한다.

털로 숭숭 뒤덮인 여덟 개의 다리는 철기둥보다 완강해 보였고, 기이한 타액이 흐르는 턱은 죄수의 목을 자르는 단두대와 같았다.

흉악하기 이루 말할 수 없는 거미 때문에 용은 어느새 저 멀리로 사라지고, 고르고가 만들어 낸 부활화의 꽃밭은 엉망진창으로 변했으며, 몰란덱과 함께 어깨동무를 하며 창칼을 들었던 전사들은 꽁지가 빠져라 도망쳤다.

상상이 파괴되는 광경.

아무르는 자신의 상상력이 불러일으킨 거대 괴물을 보며 하얗게 질려 버렸다.

상상이 현실로 되는 광경이 마냥 유쾌할 수 없다

는 증거였다.

흉악함이 현실로 드러나면, 신기함은 느낄 사이도 없이 공포의 바다로 몸이 떨어진다.

상상의 이중성.

고르고가 얼어 버린 그때, 몰란덱이 도끼를 든 그때, 아무르가 쓰러진 그때…… 세상은 그들이 처음 들어왔을 때처럼 갑작스레 변했다.

바한의 창이 붉은 소나무를 뚫자마자 일어난 일이었다.

환상처럼 스러진 절대미(絕對美)의 풍경.

여과되지 않은 순수 그대로의 광한수림으로 떨어지게 된 그들은 정신을 차리기 힘들었다. 그나마 정력이 좋은 몰란덱만이 머리를 한 차례 저으며 고개를 들 수 있었다.

"뭐야? 왜 여기에? 아차, 벗어난 건가?"

바한은 고개를 끄덕였다.

"그렇습니다."

"어떻게? 잘 기억이 안 나는데."

"보통 삼색 욕망의 길을 벗어날 때는 충격 때문에 이전 상황을 바로 기억하기 어렵습니다. 하지만 마음을 잘 추스르고 기억을 되짚어 보면 어떻게 빠져나왔는지 알 수 있을 겁니다."

고르고는 여전히 허공에 대고 손을 젓고 있었다.

충격은 받았지만, 여운은 사라지지 않은 듯했다. 그는 자신이 어떤 풍경 속에서 살았는지 기억하지 못했으나, 이상적인 아름다움에서 떨어져 나갔다는 건 알고 있는 것 같았다.

아무르는 무릎을 끌어안은 채 벌벌 떨고 있었다. 바한은 그녀에게 다가가 자신의 바람막이를 어깨에 덮어 주었다.

"잘했습니다."

"거, 거미가……."

"당신이 상상해 낸 거미 덕분에 모두가 무사할 수 있었습니다. 그건 상상에 불과하니 머리에서 지우길 바랍니다."

몰란덱의 의아한 눈으로 바한을 바라보았다.

지금의 대화를 잘 이해하지 못하는 모양이다. 바한은 여전히 침착하게 이전 상황을 설명해 주었다.

"붉은 나무의 숲은 상상력을 공유합니다. 일례로 아무르가 처음 상상해 낸 아름다운 용이 당신들 눈에도 보였다는 것이 증거입니다. 고르고가 상상해 낸 부활화도 마찬가지입니다. 영역을 공유하면 상상력도 공유하게 됩니다. 즉, 한 명이라도 부자연스러운 상황을 타파할 정도로 정신이 날이 서 있다면, 그리고 그 상상력을 동원해 세계 존재의 의미를 파괴할 수 있다면, 모두가 그곳에서 탈피됩니다. 그건 앞으로 펼쳐지게 될 노랑 나무의 숲도, 검은 나무의 숲도 마찬가지일 겁니다."

바한의 말을 듣고 나서야 몰란덱은 자신이 상상해 냈던 수많은 영웅들과 전사들을 떠올릴 수 있었다. 그리고 그 환상이 어떻게 파괴되었는지도.

여전히 벌벌 떨고 있는 아무르를 보며 몰란덱은 침을 꼴깍 삼켰다.

"아무르가 상상으로 만들어 낸 거미가 우리를 살린 거요?"

"그렇다고 보면 됩니다."

그렇다가 아니라 그렇다고 보면 된다, 라는 말은 어감이 묘했다.

그러나 어지러운 정신 때문에 몰란덱은 바한의

말투는 신경조차 쓰지 못했다. 그는 자신을 질책했다.

'부끄럽구나. 내 수양이 어린 학자보다도 못하다니.'

이전의 기억을 더듬어 본 결과 몰란덱은 아직까지도 아쉬움이 남는 스스로를 발견했다.

쇠퇴되고 어그러진 기억은 추억 속 경험으로만 남지만, 그 강렬함이 워낙 심해 더할 나위 없이 좋은 기분 속에 있었다는 걸 떠올릴 정도는 된다.

좋고 나쁨을 떠나 인생 최고의 경험이었다는 데에는 이견이 없을 것이다.

그는 그런 극한의 상황에서 아무르가 제정신을 차릴 수 있었다는 것에 대해 놀라움과 감탄, 부끄러움을 느꼈다.

'그녀가 없었다면 우리는 정기를 고갈당한 채 죽었다는 뜻이로군.'

목숨의 빚을 졌다.

전쟁터에서 죽기 살기로 싸우다 죽었다면 그 죽음은 명예로울 수 있지만 도끼 한 번 들어 보지도 못한 채 기괴함에 농락당해 죽는다면?

몰란덱은 상상만 해도 소름이 돋았다. 그는 자신의 최후를 그렇게 정하지 않았다.

거대 전사는 정신도 못 차리고 연신 떨기만 하는 아무르에게 살짝 고개를 숙이며 감사를 표했다.

바한은 아직도 허우적대는 고르고의 뒷목을 잡은 채 말했다.

"조심하십시오. 시간이 없습니다. 이제 곧 노랑 나무의 숲이 다가옵니다."

"노랑 나무의 숲? 아, 그렇군. 참나 쉬는 시간도 없구나."

"되레 이 약간의 시간차가 있는 것이 무서운 겁니다. 환상에 매료된 사람이 이전의 아름다움을 잃으면 마음이 황폐해진다고 알고 있습니다. 그 틈을 파고드는 자극은 욕망을 배가시킵니다."

그는 일전 바한의 말을 상기했다.

"노랑 나무의 숲이 근본적인 욕구를 건드린다고 했소? 한데 이처럼 강렬한 욕구보다 더 강렬한 욕구는 어떤 거요? 내 그리 많은 생을 살아오진 않았지만 이보다 환상적인 욕구를 경험한 적이 없소."

"말 그대로 근본적인 욕구입니다. 식욕, 성욕, 재물욕 등, 붉은 나무의 숲이 천상의 안온함을 느끼게 했다면, 노랑 나무의 숲은 사람의 욕구를 극한까지 자극합니다. 먹지 않고는 살 수 없고, 번식 없이는 역사가 이루어지지 않습니다. 사람으로 태어난 이상 그 욕구들을 벗어나지 못합니다. 노랑 나무의 숲은 어떤 의미로 가장 힘든 욕망의 장이 될 겁니다."

순간 한 차례 향긋한 바람이 불어왔다.

발광하던 고르고의 움직임이 멈추고 떨리던 아무르의 몸도 멈추었다.

몰란덱 역시 눈을 크게 치떴다.

회색 늑대는 고개를 쳐들며 울부짖었다.

"노랑 나무의 숲이 다가오고 있습니다."

‡ ‡ ‡

거대한 평원이 있었다.

저 멀리로는 부서진 성이 눈물을 흘리듯 눌어붙고, 곳곳에 손과 다리를 쳐든 수많은 나무들이 무언가를 경배하듯 상서로워 보였다.

샛노란 나무들은 산들바람에 흔들려 온몸으로 일행을 반겼다.

하늘은 푸르고 대지는 가을의 수확을 일구기 위해 달려오는 농부들이 보면 입이 함지박하게 벌어질 정도로 수많은 벼가 고개를 숙인다.

그 한가운데에 거대한 식탁이 있었다.

구석에는 장정 열 명이 누워도 넉넉할 만큼 거대한 침대는 사람의 꿈을 만들어 주기 위해 푹신함을 더했다.

“허어.”

고르고는 식탁 위에 차려진 만찬을 보며 혀가 돌아가는 느낌을 받았다.

거기엔 십의 단위가 아닌, 백의 단위로 풀어야 할 만큼 많은 수의 음식들이 차려져 있었다.

온갖 고기들과 신선한 야채, 금방 지은 듯 모락모락 김이 나는 쌀밥이 단향을 풍긴다.

음식들이 차려진 광경을 보며 위대하다는 평가를 내리기는 처음이라고 고르고는 생각했다. 식사로 보이기에는 언어도단이랄 만큼 압도적인 광경이었다.

그는 누구보다도 빨리 식탁으로 달려갔다.

그간 여행을 한답시고 맛없는 열매만 퍽퍽 깨 먹은 자신이 그렇게 바보 같았다.

눈이 뒤집힌 우리의 세상학자는, 화려하게 차려진 만찬 위를 두 손으로 덮었다.

그리고 닥치는 대로 입에 쑤셔 넣었다.

아무르라고 다를 건 없었다.

그녀는 밥 먹는 것보다 책 한 줄 읽는 걸 좋아하는 성격이었지만, 이렇게 책을 던져 버릴 만큼 맛있는 향기를 풍기는 음식을 처음 보았다. 그녀의 발이 홀린 듯 식탁으로 향한다.

순식간에 큼직한 접시 다섯 개를 비워 버린 고르고는, 그러나 아직까지도 배가 고픈 자신에 대해 의문조차 가지지 못했다.

그는 세상을 먹어 치울 기세로 식탁 위의 음식을 점령하는데, 움직이는 손의 속도가 가히 전광석화라 할 만했다.

몰란덱은 고르고를 보며 저 정도 속도로 손을 놀릴 수 있다면, 자신조차 방어하기 힘들 거라고 확신했다.

걸신들린 듯 음식을 입에 쓸어 담는 그의 뒤로 어느새 미녀들이 나타났다.

모두 반라의 차림으로, 남자라면 눈이 돌아갈 만한 미녀들이 한 명도 아닌 수십 명이었다.

그들은 발랄하고 요염 어린 미소로 고르고를 유혹했다.

그러나 고르고는 미녀들을 한 번 쳐다보고는 흥미를 잃고 다시 식사에 몰두했다. 그는 술병까지 잡고 쭉쭉 마셔 댔다. 오로지 먹는 것만이 세상에서 유일한 구도의 길이라는 듯 그의 행위는 도무지 멈출 기미가 보이지 않았다.

조각과도 같은 몸매에 남성미 넘치는 외모로 방년의 처자들의 방심을 흔들게 할 미남이 아무르에게 음식을 떠먹여 주었다. 그녀는 얼굴을 붉히면서도 순순히 입을 벌렸다.

뒤에 대기하고 있는 미남들은 그녀의 어깨를 주

무르기도 하고 슬쩍 가슴으로 손을 가져 대기도 했다.

가슴을 희롱당하면서도, 아무르의 얼굴은 붉어지기만 했지, 스스로 제지하지 않았다. 몇 명의 남자는 아예 식탁 밑으로 들어가 그녀의 허벅지를 쓰다듬었다.

더군다나 그들이 앉지 않은 한곳에는 온갖 금은 보화가 산을 이루고 있었다.

갖은 색색의 보석들은 휘황찬란하여 똑바로 쳐다보기가 힘들 정도.

그 너머에 산맥처럼 쌓여 있는 보물의 산은 퍼날라서 바다를 메워도 좋겠다 싶을 만큼 많았다. 입이 떡 벌어지는 광경이었다.

원초적인 욕구가 흐르는 진풍경.

기가 차다는 듯 입만 벌리고 있는 몰란덱을 보며 바한은 물었다.

“배가 고프지 않습니까?”

“에? 아, 당연히 배는 고프오. 그동안 빨빨거리면서 돌아다닌 걸 생각하면 저 식탁 위에 있는 음식들을 몽땅 내 뱃속에다가 넣고 싶은 기분이군.”

"그런데 왜 먹지 않는 겁니까?"

몰란덱의 눈이 스산해졌다.

"식사는 적이 날 속임수로 빠트리기 위한 가장 기초적인 수법이오. 난 세상에서 날 위협할 만한 존재가 몇 없다고 자부하지만, 그건 정면에서 얘기고, 친절을 가장하면서 음식에 독을 탄 머저리들을 많이 봐 왔소. 심지어 정말로 죽을 뻔한 적도 제법 많았지. 난 믿을 만한 사람이 차려 주지 않은 이상, 산해진미를 봐도 관심이 없소. 싸우다가 죽는 건 내 꿈이지만 도끼 한 번 휘둘러 보지도 못하고 독에 당해서 죽는 건 치욕 중에 치욕이오."

그리곤 품에서 말린 말고기 조각을 꺼내 입으로 가져간다.

바한은 여전히 미동도 없는 안색을 유지하며 몰란덱에게 물었다.

"하지만 먹을 수 있을 때 많이 먹어 둬야 하지 않겠습니까? 그건 여행자의 덕목입니다."

"물론 당신 말이 맞소. 그걸 아는 걸 보니 당신 역시 경험 많은 여행자로군. 그러나 이것 하나는 명심해야 할 거요. 차라리 길가에 떨어진 돌멩이를 씹어 먹고 말지, 출처가 의문스런 음식은 먹지 않는 게 내 신조요. 그게 하 수상한 시절에 생존하기 위한 방법이오. 게다가 난 식성이 좋아서 누가 먹다 버린 음식물 찌꺼기도 좋다며 먹는 놈이오. 다 살아가기 위해서 어쩔 수 없는 일이지만, 이젠 그런 걸 먹어도 혀가 무감각해서 술술 잘 넘어가더이다."

"미녀들은 어떻습니까? 여긴 수백 명의 미녀들이 당신에게 안기고 싶어 합니다."

몰란덱는 천둥이 모자라다 싶을 정도로 큰 콧방귀로 자신의 심정을 대변했다.

이것도 능력이라면 능력이다.

"전사는 남녀를 구별하지 않소. 남녀 공통된 시선에서 전사로서 보았을 때 세상에서 가장 경계해야 할 게 딱 세 가지가 있소. 첫째, 출처가 불분명한 음식과 옷은 받지 않아야 할 것. 둘째, 힘없는 사람들도 도적으로 변할 가능성이 있으니 도움을 주되 적재적소에 떠날 배포를 가질 것. 셋째, 얼굴은 아름다워도 속은 시커먼 미남미녀들이 많으니 그들의 외관에 홀리지 말아야 할 것. 이것만 지키면 최소한 느닷없이 객사할 확률은 압도적으로 줄어들지. 희망의 성 소속 전사들이라면 모두가 기초로 배우는 신조들이오."

머리로만 배워서 깨닫게 되는 주의사항은 아니다.

모두 직접 체험해 보고 얼마나 중요한 교훈인지를 몸으로 체득해야 나올 수 있는 확신 어린 어조였다.

"금은보화는 어떻습니까? 대충 쓸어 담아도 평생 부귀를 누릴 수 있습니다."

"재미없는 소리. 피치 못하게 두 발로 여행하는 처지가 아니라면, 신경 쓸 필요조차 없는 게 저 무게만 나가는 철덩어리들이오. 자아 완성을 위해 여행자가 가장 피해야 할 물건 중 하나가 돈 아니겠소? 우리 노친네 성주 왈, 돈을 보고 달려들면 평생 자신을 완성할 수 없도다. 저 보물의 산은 보기에만 그럴듯하지 마귀의 산이오, 마귀의 산. 사실 저건 위에 열거한 세 가지 주의할 점 축에도 못 끼는 거지."

음식과 미녀, 보물에서도 초연하다.

바한은 고개를 끄덕였다.

"당신은 느닷없이 가난한 미녀가 노잣돈과 맛난 음식을 주면 절대로 혹하지 않겠군요."

"개중 최악이군. 그 자리에서 도끼로 찍어 죽이지 않음을 다행으로 알아야 할 거요. 그게 선의로 비롯된 행동이라면 미안한 일이지만, 내가 살려면 어쩔 수 없는 거요."

"당신이 먹었던 가장 끔찍한 음식은 뭡니까?"

"음? 그건 왜 물어보는 거요? 한번 먹어 보려고 그러시오? 별로 좋은 경험이 아닐 텐데? 추천해 주고 싶지 않소만."

"일단 대답해 주십시오."

"어디 보자…… 꽤나 많은데. 썩어 문드러진 백구 시체를 구워다 먹은 적도 있고, 냄새 나는 호랑이 고기도 먹어 봤소. 사실 호랑이 고긴 정력에 좋다고 하는 낭설이 있어서."

바한이 물끄러미 쳐다보자 제 발이 저렸던 몰란덱은 슬쩍 얼굴을 붉히다가 다시 말도 안 되는 음식들을 나열했다.

"시커멓게 죽은 생선 뼈다귀도 생으로 발라먹은 적이 있고, 아사 직전인지라 나무 껍데기를 갉아먹은 적도 있었소. 전갈이나 거미도 생으로 씹어 먹어 봤지. 저 남쪽에는 개미핥기라는 놈이 있는데, 혓바닥으로 개미들을 싹 쓸어 담더이다. 나도 한 번 먹어 봤지. 약간 톡 쏘는 맛은 있지만 참고 먹을 만한 수준이었소. 나중에 알고 보니까 내가 먹었던 게 불개미였지 뭐요? 그러고 보면 내가 아직 살아 있는 게 용하군."

바한의 시선이 살짝 좌측으로 향했다. 그곳에는 어느새 검은색으로 변질된 벼들이 보였다. 아무리 수를 낮게 잡아도 두 단은 넘을 정도였다.

"그것들을 모두 섞어서 만든 음식이 당신 앞에 있다면 먹을 수 있습니까?"

"당신, 그걸 말이라고 하시오?"

얼토당토 안 하다는 얼굴로 한 차례 힐난의 기색을 보인 몰란덱은 보는 사람이 어지러워질 정도로 마구 고개를 끄덕였다.

"당연한 거 아니오? 음식은 귀한 거요. 사람이 먹어야 살지, 그걸 내다 버리면 도리에 맞지 않소. 내 그래서 귀족성을 싫어하오. 그놈들 돈 많다고 대강 씹다가 버린 음식물이 얼마나 많은지, 당신도 보면 놀라 자빠질 거라 장담하오."

바한은 창으로 땅바닥을 가리켰다.

몰란덱은 왜 갑자기 이 인간이 그러나, 하는 생각이었지만 갑자기 콧속을 파헤치는 무자비한 악취에 저절로 고개를 내렸다.

그곳에는 그가 상상했던, 당연히 먹는다고는 했지만, 그조차 주저할 만한 엄청난 음식이 큰 접시에 담겨 있었다. 막상 눈앞에서 보이자 몰란덱은 자신도 모르게 한 발자국 뒤로 물러섰다.

"이, 이건?"

"당신이 생각했던 그 음식입니다."

"이런 빌어먹을! 내 상상이 만든 짬뽕된 음식이란 말이오?"

굳이 묻지 않아도 몰란덱은 답을 알고 있었다.

그가 무의식적으로 상상하던 그 모습 그대로였다.

바한은 그것을 들어 난잡한 행위의 장이 된 식탁으로 다가갔다.

몰란덱은 코를 틀어쥐며, 자비가 없는 음식을 멀쩡하게 들고 가는 바한의 정력에 감탄했다.

사실 말이야 했지만 자신도 먹겠다고 장담하기 힘들었다.

몰란덱이 상상해 낸 음식은 이 맛있는 음식들의 빛을 바래게 했고, 향긋한 냄새를 찰나에 지워 버리는 악독함이 있었다.

느닷없는 악취에 입에서 입으로 술을 마시게 된 아무르는 깜짝 놀라 일어났고, 고르고 역시 먹었던 음식을 그대로 뱉어 내며 뒤로 넘어갔다.

"우웨엑!"

두 학자는 식탁 앞에서 그동안 먹었던 모든 음식을 토해 냈다.

먹은 게 많아서 그런지 쏟아 내도 계속 나오는데, 몰란덱은 그걸 보며 저것도 폭포에 비유할 수 있을까 잠시 고민했다.

눈물과 콧물로 범벅이 된 그들의 얼굴은 우스꽝스러움을 넘어 처절하기까지 했다.

세상의 종말의 풍경에서도 뭔가 부족하다 싶은 감이 있다면 이 음식이야말로 화룡정점이 될 것임을 고르고는 의심하지 않았다.

아무르 역시 한 점의 의심도 없이 동의했다.

그들은 황홀하리만치 오감을 만족시켜 주었던 모든 걸 파괴해 버린 압도적 괴생물체 앞에 분노했다.

고르고가 식탁을 치며 포효했다.

"이게 뭐하는 짓입니까!"

몰란덱은 하도 어이가 없어 고르고의 기세등등함을 날려 버리기 위해 눈썹을 꿈틀거렸다.

그러나 평소라면 오줌을 지려도 마땅할 몰란덱의 시선을 보면서도 고르고의 분노는 풀어질 기미가 보이지 않았다. 되레 더욱 화가 나는지 눈동자가 붉어질 기색이었다.

아무르 역시 마찬가지였다.

바한은 턱으로 그들의 뒤를 가리켰다.

"뒤를 돌아보십시오."

"뭐라고요?! 지금 무슨……!"

한 차례 충격을 주는 것도 괜찮겠다고 생각한 몰란덱이 노성을 질러 댔다.

"돌아보라고 하잖소! 정신 좀 차리시오!"

쾅!

소리와 함께 식탁에 금이 가게 만들었다.

몰란덱의 손바닥이 벼락처럼 떨어지자 돌로 만

들어진 두터운 탁자도 휘청거렸다.

찔끔 놀란 두 학자는 몰란뎩의 호안(虎眼)을 보곤 조심스레 뒤를 돌아보았다.

자화상에 들러리가 되어 준 수많은 미녀와 미남들이 사라지고 없었다.

세상에서 가장 솜씨가 좋은 화공이 그린 듯한 풍경도 칙칙함을 더해 주었다. 두 학자는 불연 듯 깨달았다.

먼지처럼 스러지는 세계의 풍경은 마치 누군가가 천천히 지워 내는 것처럼 보였다.

황홀하게 만들었던 풍경도, 코를 간질이던 음식의 향도, 입을 즐겁게 해 주었던 음식들도, 귀를 즐겁게 해 주던 미남미녀들의 웃음소리도, 몸을 달구게 해 주었던 그들의 손짓도 모두 사라졌다.

심한 두통에 아무르와 고르고는 휘청거리며 쓰러졌다.

몰란뎩과 바한은 그들을 부축하며 어느새 광한 수림으로 변한 광경에 안도감을 느꼈다.

거대한 나무에 그들의 등을 내주게 한 바한은 고개를 들어 하늘을 바라보았다.

점점 하늘은 어두워지고 있었다.

몰란덱은 쩝 소리를 내며 그들을 내려다보았다.

"이런 식이었군. 붉은 나무의 숲에서 나도 참 멍청해 보였겠소."

"그렇지 않습니다. 사람은 본디 불완전한 존재라 세상 모든 유혹에서 자유로울 수 없습니다. 당신들의 모습은 지극히 인간다운 모습이라고 할 수 있습니다."

"그렇군."

몰란덱은 바한의 말에 연신 고개를 끄덕이며 동의하다가 문득 그를 바라보았다.

"그러고 보니 바한 당신은 어째 이 욕망의 숲에서도 자유로워 보이는……."

순간 몰란덱은 더 이상 말을 이을 수 없었다. 그는 바한의 얼굴을 보며 눈썹을 모았다.

"아니, 바한…… 당신 얼굴이 너무 창백한데?"

"괜찮습니다."

"괜찮고 말고 할 수준이 아닌 것 같소. 핏기가 하나도 없잖소? 시체도 이보다 낫겠는데."

회색 늑대는 낑낑대며 바한의 주위를 돌았다.

그 푸른 눈빛은 염려의 기색을 담았다. 바한은 늑대의 머리를 한 차례 쓰다듬어 주고는 머리를 짚고 일어나는 두 학자를 향해 말했다.

"이제 마지막입니다. 검은 나무의 숲이 다가옵니다."

천천히 돌아오는 기억에 아무르는 자살을 생각할 정도로 부끄러웠다.

그녀는 허겁지겁 음식을 먹는 행위에 돌입하지 않았었지만, 수많은 미남들에게 둘러싸여서 차마 말 못할 짓을 했다는 게 그렇게 수치스러웠다. 자신도 모르게 눈물을 흘리는 그녀의 얼굴은 분노와 애절함으로 가득했다.

고르고는 한 점의 변함도 없었다. 그의 눈은 거의 광인의 그것과 같았다.

"내 음식! 술! 다 어디로 간 거야!"

만약 일행이 아니었다면 진즉에 도끼로 뒤통수를 후려갈겼으리라 몰란덱은 생각했다.

손가락이 다 움찔거렸지만, 그는 그것이 상당히 부도덕한 문제를 야기시킬 수 있음을 깨닫고 겨우 참아 냈다. 저런 사람이 소문의 고르고인 줄 알았다면 그는 절대로 호감을 가지지 않았을 거라 자신했다.

"정신들 차려야 합니다. 이제 시작됩니다."

일순간 시커먼 어둠이 그들을 덮쳤다. 빠른 전개였다.

어둠이 그들을 감싸는 광경은, 마치 거인이 검은색 비단으로 장막을 치는 것처럼도 보였다.

파도의 역동성으로, 그러나 느릿한 속도로 다가오는 그물을 보며 바한의 눈동자가 일시지간 차갑게 변했다. 그의 눈썹이 파르르 떨렸다.

'어둑서니?'

세상에 별로 놀랄 일이 없을 거라고 생각했던 바한도 이번에는 솜털이 곤두서는 기분이었다.

흡혈귀가 부리는 요괴들 중 최악이라는 밤의 요괴가 찾아왔다. 지금껏 직접적으로 나선 적 없었던, 포근함을 가장한 공포의 요괴가.

의문을 표할 시간이 없었다. 바한은 서둘러 뒤를 돌아 고르고의 팔을 잡으며 소리쳤다.

"모두 조심하십시오! 이번 숲은……!"

어둠이 빛도 소리도 존재도 감추었다.

‡ ‡ ‡

자신의 손조차 보이지 않는 어둠은 몰란덱의 몸을 가득 품었다.

나 자신의 몸뚱이가 보이지 않은 어둠을 걸어가는 건 남녀노소를 불문하고 그다지 유쾌한 일이 되기 힘들다.

몰란덱은 코웃음을 치며 주위를 바라보았다. 그러나 그의 눈에 보이는 모든 것이 어둠이었다.

"느낌은 있군."

피부가 만져지고 목소리도 들린다.

그는 숨을 끝까지 불어넣고 이내 소리를 질러 일행을 불렀다. 하지만 마치 물에다 대고 주먹질을 하듯 그의 음성은 이리저리 떠돌다가 이내 가라앉았다.

메아리는커녕 자신의 귀에서조차 웅얼대는 듯한 느낌에 몰란덱은 맥이 풀렸다.

그때 미세한 빛이 그의 시선을 잡아끌었다. 그는 횡재했구나 싶어 빛을 향해 눈을 돌렸다.

그리고 마주치고야 말았다.

두 개의 구멍은 두 개의 눈이었다.

핏발이 선 눈동자는 샛노란 빛을 머금었는데 가히 공포스러운 광경이었다.

몰란덱은 주춤했다가 이내 하얗게 질리고야 말았다. 기억 속에 봉인시켜 놨던 어린 시절의 일들이 번개처럼 그의 눈앞을 스쳐 지나갔다. 꺼내기 싫었던 기억들이 반복되고, 그가 힘겨워할 때마다 눈의 크기는 커져 종례에 이르러선 산처럼 거대해졌다.

몰란덱은 그만 눈을 감고 풀썩 쓰러졌다. 정신을 잃은 그의 입가에는 묘한 만족감이 어렸다. 그는 쓰러지기 직전 구세주의 음성을 들었다.

—잠들면 편해질 거야.

너무나도 안온하고 편했다.

어머니의 뱃속에 들어찬 기분이 이럴 것이라고 생각하며 그는 정신을 잃었다.

아무르라고 다를 것이 없었다. 그녀는 거대한 두

개의 눈을 통해서 시커먼 거미 괴물의 군단을 봐야만 했다. 크고 작은 거미 괴물들이 시체를 씹고 희롱했다. 그녀는 비명을 지르며 눈을 감으려 했지만 도무지 눈을 감을 수가 없었다. 마치 스며드는 빗물처럼 그의 의지가 어둠 속의 두 눈에 남김없이 빨려 들어갔다.

그녀의 머릿속에도 고요한 음성이 울렸다. 대자연의 목소리. 불안하고 불완전한, 그렇지만 유동적이고 단단하기 짝이 없는.

—잠을 자면 돼. 자면 거미는 사라져.

아무르의 눈이 감겼다.

고르고는 눈앞에 아름다운 풍경도, 오감을 만족시키는 모든 것도 없어진 것에 통탄을 금할 길이 없었다. 그는 어둠의 장막에서도 땅을 치며 안타까워했다.

그의 팔을 잡았던 바한은 보이지 않았음에도 그의 등을 두들겼다.

어둑서니의 요술에 걸린 이상 모두가 앞을 보지 못하고 귀를 열지 못하며 누굴 만질 수도 없다. 그러나 요술이 세상을 지배하기 전, 누군가를 잡고 있었다면 그와는 소통이 가능함을 바한은 알고 있었다.

그가 마지막에 몰란덱도, 아무르도 아닌 고르고를 잡은 건 이유가 있었다.

'어둑서니가 나타난 이상 시간을 끌면 안 된다. 진짜로 위험해.'

스스로를 제물로 바쳤고, '그녀'도 동의했음이 분명하다.

그런데 왜 이렇게 지독한 요괴를 끌어 낸 걸까? 본래의 검은 나무의 숲보다 위험도가 배가된 느낌이다.

바한은 최대한 목소리를 높였다.

"괜찮습니까?"

"바한?"

"그렇습니다."

"제길, 괜찮지가 않아요. 지금에 와서야 알았어요. 그게 다 환상이라는걸. 이미 환상이라는 걸 알고 들어갔는데도 나는 환상인 걸 배제해 버리고 말았어요. 그런데도 난 그게 아까워요. 나만 바보가 된 기분입니다."

"맞습니다. 당신만이 정신을 못 차리고 있더군요."

"부끄럽네요. 이런 모습을 보이게 돼서. 지금까지 하나도 도움이 되질 않았어요."

"부끄러워할 필요 없습니다. 당신은 사람입니다, 사람은 누구나 그럴 수 있습니다. 그런데, 당신에게는 눈이 보이지 않습니까?"

"눈이라뇨?"

"아직 눈에 띄지 않는 모양이군요."

"아, 저 빛나는 두 개요?"

홀린 듯이 커다란 두 개의 눈을 직시한 고르고의 안색이 순식간에 하얗게 질려 갔다.

바한은 낌새를 눈치채고 재빨리 입을 열었다.

어차피 저 두 개의 커다란 눈은 어둠에 발을 디딘 이상 반드시 봐야만 한다. 그러나 거기에서 풀려 나오기 위해서는 많은 노력과 각성이 필요하다.

"정신 차려요!"

"네, 네?"

"바짝 엎드리십시오. 눈을 보면서도 굴강한 정

신으로 무장해야 합니다. 그게 부족하다면 과거의 행복했던 기억들이나 앞으로의 결심을 떠올리면 될 겁니다."

하지만 고르고는 여전히 미동도 않은 채 어둠에서 나타난 샛노란 두 개의 눈만 바라보았다. 바한은 그를 자극하는 게 어떤 것인지 기억해 냈다.

"저 눈에 계속 빠져들면 당신은 영원한 안식에 들게 됩니다. 당신이 좋아하던 탐구는 어떻게 되겠습니까? 여기서 포기하려고 광한수림까지 들어온 건 아니잖습니까?"

고르고의 머리가 어느새 차가워졌다. 그러자 울렁대는 기괴한 느낌의 목소리가 그를 뒤흔들었다.

—편안해질 수 있어. 내 눈을 봐.

"세상에는 불로불사의 비밀만 있는 게 아닙니다. 당신이 원하는 신비한 세계가 어디에든 펼쳐져 있어요. 그걸 포기하고 이대로 잠들고 싶습니까?"

—사람은 언젠가 죽어. 죽음은 고통스럽지. 이곳에서만큼은 편하게 잠들 수 있을 거야. 이런 죽

음은 종말이 아니라 축복이라고 부르는 거다.

"당신은 세상의 시선을 무시하고서까지 살아왔던 남자입니다. 이제까지 당신이 쌓아 왔던 것들은 어차피 스러질 걸 당신도 알아요. 그렇지만 당신이 진정 원한 것이 지식을 얻는 겁니까, 얻어 가는 과정까지 망라된 삶 그 자체입니까?"

—세상은 어차피 고통이야. 고통 속에서 그렇게 살길 원하는가? 네가 죽으면 네가 느꼈던 행복도 좌절도 모두 사라지는 거야. 과거로도 남지 못하게 되는 거지. 어차피 죽을 거면, 이곳에서 편안하게 최후를 맞이하는 것도 나쁘지 않아.

"그대로 엎드려요. 눈을 뗄 수 없으면 시선이라도 낮춰야 합니다. 어둠이 커지는 걸 방관하고 있으면 안 됩니다."

—저세상은 분명히 존재해. 너의 부모를 만나고 싶지 않나? 널 키워 준 건 현자성의 쓰레기들이지만, 너의 혈육은 저 너머에 있어. 그들과 만나고 싶지 않나? 부모의 얼굴도 모르는 건 너무 슬픈 삶이 아닌가?

"아무르와 몰란덱의 목숨이 당신에게 달려 있어

요! 정신을 차려요. 흔들리지 않아야 합니다. 이전처럼 계속 바보가 돼서 휘둘려지기만 할 겁니까?"

—주위에 무관심해야 해. 무관심만이 널 변호한다. 다른 사람의 생명을 네가 살려 줄 의무는 없어. 네 탐구심도 빛을 바래게 될 거다. 편안하게 죽을 수 있는 행운은 어디에도 없어. 이대로 나를 따라 자는 거다.

어둠의 기괴한 목소리와 바한의 시원한 목소리로 인해 이지가 깜빡이던 고르고의 눈동자가 일순간 번쩍이는 빛을 발했다.

머리를 어지럽히는 무수한 공포가 먼지처럼 바닥으로 가라앉는 기분에 상쾌함마저 느껴졌다.

'무관심이라고?'

그는 세상 만물에 관심을 가지는 학자.

스스로 세상학자라 칭할 정도로 그의 '앎'에 대한 욕심은 끝을 모르고 커져만 갔다.

그리고 자부심도 있었다.

세상을 떠도는 것만이, 그럼으로써 얻어지는 환희를 느끼는 것만이 그가 살아가는 전부였다.

그는 확신했다.

내가 죽는 시기는 편안함 속에서가 아니라, 세상 모든 지식을 머리에 담은 후, 더 이상의 신비를 파헤칠 수 없다고 느낄 때가 되어야만 한다.

그때가 아니면 나에게는 편안한 죽음이라고 할 만한 것이 없다.

그때의 편안함을 상상한다면 이런 어줍지 않은 어둠 속에서 느끼는 편안함이란 발톱에 때만큼의 가치도 없다.

만족할 만큼의 탐구심을 채웠다면 설령 세상에서 가장 잔혹한 괴물에게 뜯어먹혀 죽더라도 행복하리라.

'안식' 이라는 단어 자체가 그에게는 독소, 불순물이었다.

고르고는 그걸 깨달았다. 다른 누가 다 여기서 발을 멈추어도 그만은 멈춰서는 안 되는 것이다.

세상이 끝나는 그 시점까지 걷고 또 걸어야 할 운명임을 그는 다짐했다. 나 스스로가 만든 운명이고 숙명이었다.

"그렇군요. 나는 여기서 멈추면 안 됩니다. 불

로불사의 비법을 두 눈으로 보기 전까지는 절대로 죽을 수 없습니다."

고르고는 아무것도 보이지 않는 어둠에서 어쩐지 바한의 차가운, 그러나 만족스러운 미소를 본 것만 같은 느낌이었다.

그리고 그가 창을 거꾸로 들어 바닥을 찍는 광경이 보이는 듯했다.

그것은 어둠 때문에 무엇도 보이지 않으면서도 '느끼는' 묘한 감각이었다.

최악의 절망과 최고의 편안함을 동시에 구가하던 어둠은 일순간 소용돌이처럼 맴돌다가 땅속으로 꺼져 들어갔다.

고르고는 정체를 알 수 없는 누군가의 비명이 들리는 것 같았다. 그 비명이 워낙 날카로워서 소름이 돋을 정도였다.

그는 생뚱맞게 이 소리만 어딘가에 담을 수 있으면 모든 귀머거리들의 병을 고칠 수 있을 거라 생각했다.

세상은 다시 평화로워졌다.

공포를 자극해 커졌던 어둠은 편안함을 선사했

지만, 그것은 진정한 편안함이 아니었다.

검은 나무의 숲, 너무도 많은 흑색의 나무들 때문에 아무 것도 보이지 않았던 절망의 숲. 고르고는 생동감 넘치는 광한수림의 나무들을 보며 숨을 한껏 들이켰다. 맑고 차가운 공기가 그의 폐부를 끝까지 구경하다가 이내 밖으로 나왔다.

'상쾌하구나.'

나 자신에 대한 확신.

내 앞날과 내 포부를 확인하고 믿는 과정은 이내 신념으로까지 나아간다.

그는 빙그레 미소를 지었다.

"으으, 머리야."

몰란덱은 머리를 한 차례 쓰다듬으며 풀썩 주저앉았다. 천하의 거대 전사도 이번에는 탈진에 가까울 정도로 심력을 소모한 것 같았다. 고르고는 그에게 서둘러 다가갔다.

"몰란덱, 괜찮아요?"

"뭐야, 여기가……?"

산신 호랑이의 자식이라는 별칭이 어울릴 정도로 대단한 사내라고 바한은 생각했다.

지금껏 삼색 욕망의 길로 무수한 사람들이 들어섰고, 무수한 사람들이 죽어 나갔다.

살아남은 사람은 극소수였으며, 그 극소수의 사람들도 칼표범이나 복수신 등에 의해 죽음을 맞이해야 했다.

한번 홀렸던 사람이 장막이 걷히자마자 정신을 차렸다는 건 몰란덱의 정력과 체력이 엄청나다는 걸 의미한다.

저 정도면 이미 평범한 인간은 한참이나 초월했다고 봐도 무방하다고 바한은 생각했다.

일순간 그는 자신의 내부에서 뭔가 폭발하는 느낌을 받았다.

바한은 아직도 자신에게 '아쉬움' 이라는 감정이 진하게 남았다는 것에 살짝 놀랐다. 그는 몰란덱과 아무르, 고르고를 좀 더 쳐다보고 흐뭇해하고 싶었다.

시간이 지나면 이 감정이 퇴색될까 걱정되었다.

창에 몸을 기댄 채 바한의 눈이 감겼다. 고요함으로 휩싸인 수면.

몰란덱 한숨을 쉬다가 이내 허탈하게 웃었다.

"그랬군. 이거야 원 천하에 몰란덱이 힘도 없는 학자 두 양반에게 목숨 빚을 지다니."

고르고는 고개를 저었다.

"목숨 빚은 무슨. 바보처럼 얼빠지게 지냈는데 여기서라도 도움이 되지 못했으면 죽을 각오였습니다. 사람이 은혜를 받았으면 갚을 줄도 알아야죠. 게다가 저 혼자만의 힘도 아니었습니다."

이게 그 비리비리하고 어리바리한 학자가 맞나, 몰란덱은 의아했다.

눈을 뜬 고르고를 보며 그는 이전과 확실히 다른 그를 느꼈다.

아무르는 깨어나서도 머리를 한껏 두들겨 댔다. 두통이 사라지질 않아서 그런 모양인데 저렇게 앞으로 십 초만 더 치면 두개골이 함몰이 될 것 같아서 고르고는 서둘러 그녀의 팔을 잡아챘다.

그녀는 비틀대다가 이내 눈을 흐릿하게 떴다.

몰란덱이 한숨을 쉬었다.

"우리 모두 두 번씩이나 목숨의 빚을 진 셈이로군. 어쨌든 삼색 욕망의 길을 빠져나온 것 같아서 다행이오. 다시는 들어오기 싫군."

어지러워서 아직 혼자 힘으로 서 있지도 못하던 아무르도 몰란덱의 말에 절대적으로 동의했다.

광한수림은, 그저 이 삼색 욕망의 길 하나만으로도 마귀의 숲이라 불릴 만했다.

여기서도 죽을 뻔했는데 바한이 말했던 늪지대와 맹수 지옥, 광신자의 합은 얼마나 무자비했을까.

그걸 생각하자 아무르는 재차 몸을 부르르 떨었다. 아예 상상하기가 싫었다.

"다들 지쳐 있는 것 같은데. 바한, 여기서 좀 휴식을 취하면 어떨……?"

한 명의 거대 전사와 한 명의 세상학자, 한 명의 철학자는 깜짝 놀랐다.

회색 늑대는 어쩔 줄을 몰라 하며 바한의 주위를 맴돌았는데, 그 모습이 퍽이나 불쌍해 보였다. 그러나 문제는 그것이 아니었다.

"바한!"

여전히 한 손으로는 창을 쥔 채, 기둥이라고 불리기에는 다소 얇은 용의 뼈대에 몸을 기댄 채로 그는 정신을 잃었다.

안색은 시체처럼 창백하고 눈과 코, 입에서는 연신 피가 흐르고 있다.

그의 오공에서 흐르는 피는 강물이 바다에서 하나가 되듯 묘하게 섞여 바닥으로 뚝뚝 떨어졌다. 피는 이내 작은 웅덩이를 만들었다.

셋은 재빨리 바한에게 다가갔다.

3막 3장

"세상에 요괴가 정말 있나요?"

"글쎄…… 누군가는 너의 질문을 언뜻 어린아이의 순수하고 심심찮은 질문이라고도 생각할 수 있지만 보다 깊게 파고든다면 우리 학자들에게 상당히 흥미 있는 분야로도 채택될 만한 힘이 있다. 과거에 용이 선덕(善德)으로 세상을 조율하고 귀신의 지혜가 살아 있던 시기 그들은 세계를 떠돌며 어려움에 처한 이들에게 도움을 줬다고 한다. 지금으로써는 믿기 힘든 역사 속의 전설과 같은 이야기지. 그러나 그것이 사실이라면, 요괴라고 존재하지 말란 법은 없지 않겠느냐? 비록 지혜를 잃었다지만 지금도 귀신들은 떠다니고 있는데."

"그렇군요. 요괴는 존재하는 거였군요."

"나는 요괴가 존재한다고는 말하지 않았다. 그럴 수도 있다는 가능성을 이야기한 것이지."

"가능성이 있다는 건 결국 없다고도 말할 수 없고 있다고도 말하기 힘들다는 거죠? 그렇다면 있다고 가정해야 하는 거 아니에요? 학자는 아무것도 없는 허공에서도 뜻을 창조해야 한다고 하셨잖아요? 저도 요괴가 있다고 생각할래요."

"넌 아무래도 철학자가 될 운명인가 보다."

—학술교전(學術敎典) 2장,
네 살 여자아이와의 문답 중

가빌라는 자신할 수 있었다. 어머니의 뱃속에서 나온 이후로 이처럼 빨리 달렸던 적이 없었다고.

반으로 부러진 그의 만월도는 볼품없이 이전의 영광을 되짚기 위해 침묵하고, 흩날리는 머리카락은 어서 속도를 높이라 재촉했다.

상체의 옷은 전부 찢어져 거의 반라로 변해 버린 가빌라의 몸에는 크고 작은 상처들이 즐비했는데, 개중에는 눈살이 찌푸려질 정도로 깊게 팬 섬뜩한 발톱 자국도 있었다.

아직도 피가 뚝뚝 떨어지는 그의 몸은 거대한 고

양이가 도랑을 파낸 것처럼 처절하기 이를 데 없었다.

숨이 턱 끝까지 차올라 폐가 터질 것 같은 극한의 상황에서도 그는 달리는 걸 포기하지 않았다.

지금이야 '죽을 것 같다' 지만 멈추는 순간 '죽는다' 가 되어 버리는 걸 모를 정도로 그는 어리석지 않았다.

사실상 지금까지 살아남은 것도 엄청난 행운이라고 가빌라는 생각했다.

이제는 잊혀 전설로만 떠도는 무지개 사자 네 마리의 합공 속에서 도망친다는 건, 아마도 희망의 성 최고의 전사라는 몰란덱조차 불가능하리라 그는 확신했다.

이곳까지 도망칠 수 있던 건 실력의 여부를 떠난 순수한 운이었다고 믿어 의심치 않았다.

하늘을 찌를 듯한 분노와 대지를 갈아엎을 만한 괴력을 소유한 무지개 사자는 가죽도 두껍기 짝이 없었다.

강철도 사자 괴수의 피부보다 단단하다고 자신할 수 없을 것이다.

산신성에서 다섯 손가락 안에 들어가는 명검 중에 명검인 그의 만월도조차 반으로 뚝 부러졌으니, 누군가는 무지개 사자에게 일격을 먹였다는 가빌라의 용력에 감탄할 테지만, 그는 놀라운 업적을 행했음에도 도통 만족할 수 없었다.

무려 한 시간 이상을 폐가 터지는 고통 속에서도 전력질주 한 그는 이내 바닥에 드러누웠다.

그의 심장은 온몸으로 피를 보내기 위해 분주하게 헐떡였고, 보다 많은 산소를 공급하기 위해 그의 폐는 오므라졌다, 폈다를 반복했다.

가빌라는 설령 희망의 성 모든 전사들이 단체로 몰려들어 때려죽여도 못 달리겠다는 심정이었다.

무려 십 분 이상을 노력하자, 그는 기력이 약간 회복되는 걸 느꼈다.

입에선 단내가 나고 목에선 가래가 들끓어 몇 번이나 뱉었는지 모른다.

'제길…… 여긴 어디지?'

어차피 지도도 없는 바에야 정확한 위치를 가늠할 수 없다.

다만 그는 동쪽과 남쪽을 상당히 반복적으로 뛰

었음을 기억했다.

그의 표정이 삽시간에 우울해졌다.

'다…… 죽었겠지?'

무지개 사자들의 조합은, 단 네 마리뿐이었지만 '군단'이라는 말이 생각날 정도로 압도적인 전력을 보여 주었다.

발을 한 번 휘둘러 서너 명을 동시에 황천으로 보내 버렸던 흉악한 일격을 떠올리며 가빌라는 몸을 떨었다.

악몽과도 같은 기억이 떠오르자 사지에 저절로 힘이 들어갔다.

너덜너덜해진 옷을 대강 찢어 내며 상처를 동여맨 그는 그나마 몸에 새겨진 상처가 그리 크지 않음에 한시름 놓을 수 있었다. 피를 많이 흘리고, 쓰라리고 아파왔지만 거기에 신경 쓸 때가 아니었다. 이 피 냄새에 이끌려 회색빛 괴물들이 자신을 노리면 어떻게 되겠나.

'어째서 이렇게 됐을까.'

천천히 걸음을 옮기던 그는 불로불사의 비법을 찾으러 왔다가 괴수들만 득실거리는 거대한 숲에 홀로 남겨진 현재의 상황을 저주했다.

산신성 유일한 후계자라는 자신의 꼴이 우습게도 됐다.

그러나 당금의 상황에서 현재를 저주하며 주저앉기에는 그의 자존심이 용납지 않았다.

무기력증에 빠지긴 했지만 그는 재차 힘을 냈다.

위대한 기마 민족의 후예로서 더 이상 포기라는 단어는 생각해 내지 않기로 한 것이다.

그는 자신의 죽음을 이 초거대 숲에서 건네주리라 생각한 적이 없었다. 자신감이 없었으면 이곳까지 오지도 못했으리라. 물론 온몸에 팽배했던 그 자신감도 지금은 많이 줄어들었지만.

다만 자신을 따라 이곳까지 왔던 수많은 부하들을 생각하면 마음이 아팠다.

대다수가 죽고 모두가 흩어졌다. 아마도 살아남은 사람은 자신이 유일할 것이다.

자신을 따르는 부하들의 죽음을 눈으로 목격하는 건 별로 유쾌하지 못하다.

그들은 무엇을 바라고 왔는가. 개중에는 불로불사의 비법을 가로채겠다는 명분으로 따른 자들도 있을 것이다.

그러나 대부분의 병사들은 그와 어릴 적부터 말을 타고 칼을 휘둘렀던 죽마고우들이었다.

'이왕 이렇게 된 거, 불로불사의 비법은 무슨 수를 써서라도 내가 쟁취하겠다.'

그의 눈이 모종의 결심으로 굳어질 때였다.

훗날 그는 자신의 결심이 얼마나 어처구니없는 어린아이의 몽상과 같았는지 부끄러워해야 할 것이다.

힘을 내며 부러진 만월도를 불끈 쥐자마자 가빌라는 정신을 잃어야 했다. 스르륵 쓰러진 그의 등 뒤로 시커먼 망토로 몸을 감싼 누군가가 나타났다.

"운이 좋은 녀석이군."

만약 가빌라가 제정신인 채로 이 목소리를 들었다면 온몸에 솜털이 곤두서는 느낌을 맛봤을 것이다.

도무지 인세에서 들릴 수 없는 오싹함과 기괴함, 그리고 아름다움을 풍기는 소리였다. 사람을 홀리게 하는 목소리.

검은 망토의 괴인은 가빌라의 몸을 아무렇게나

들고 발걸음을 옮겼다.

가빌라보다 체격이 왜소한 괴인이었지만 힘은 놀라우리만치 완강해 보였다.

괴인은 한 치의 망설임도 없는 발걸음으로 어딘가를 향했다.

‡ ‡ ‡

"바한! 바한!"

흔들고 뺨을 때려 봐도 바한은 도통 정신을 차리지 못했다.

시체보다 나을 것 없는 안색은 세상의 끝, 체즈라시아를 둘러싼 빙산을 보는 것과 같았다. 그리고 빙산처럼 피부도 차가웠다.

눈과 코, 입에서 피를 흘리는 그의 모습은 처절하기까지 했다.

몰란덱은 바한의 얼굴을 진득이 쳐다보고 코로 귀를 가져다 댔다.

"아직 숨은 쉬는군. 하지만 너무 미약해."

가늘고 긴 호흡. 그러나 힘이 없고 불규칙적이다.

당장이라도 생명의 불길이 꺼져 버릴 것 같은 불안감에 고르고는 어쩔 줄을 몰라 했다.

그건 몰란덱도 마찬가지였다. 세상을 떠돌며 많은 경험을 쌓았지만 바한이 왜 쓰러진지, 어떤 증세인지도 파악하기 힘들었다. 아무래도 기력이 극도로 쇄한 모양인데 오 공에서 피를 뿜은 걸 보면 마냥 그렇게 볼 수도 없다.

회색 늑대는 짖지도 않은 채 바한의 얼굴을 연신 핥아 댔다.

그가 흘린 피가 늑대의 혓바닥에 닦였다. 늑대는 몇 번 바한을 핥다가 이내 몰란덱의 바지자락을 물었다.

"어? 어? 얘가 왜 이래?"

회색늑대는 이러저리 흔들며 저 멀리 떨어진 봇짐으로 다가가 혀를 내밀었다.

헥헥대는 모양새가 맹수로서의 자각은 전혀 없는 모양이지만, 그것에 신경 쓰는 사람은 아무도 없었다.

몰란덱은 이 영리한 늑대 친구의 행동이 어떤 걸 의미하는지 깨닫고 탄성을 질렀다.

"댕갈송이! 댕갈송이가 있었어!"

재빨리 봇짐에서 댕갈송이의 뿌리를 뺀 그는 무자비한 악력으로 한때 땅속에서 고이 잠들었던 무병장수의 약초를 으깨 버렸다.

진득한 액체가 터져 나오며 향긋한 향기가 사방으로 퍼져 나갔다.

"아무르, 바한의 턱을 벌려 주시오."

쩍 벌린 바한의 입안은 온통 피투성이었다.

마치 개미가 온통 입을 헤집고 다닌 것 같았다. 실로 처참한 광경이었지만, 아무르는 왠지 모르게 연민을 느꼈다. 왜 그런 연민을 느꼈는지는 그녀조차 몰랐다.

몰란덱은 힘껏 짜낸 댕갈송이 액을 바한의 입에 넣어 주었다. 목을 두들기고 머리를 세우자 꾸르륵 소리가 나며 넘어간다.

"왜 이렇게 된지 모르겠지만, 그렇게 아무런 거나 먹여도 되는 걸까요? 혹시나 해가 되진 않을까 걱정입니다."

고르고의 걱정에 몰란덱도 안색을 굳혔다.

"현재로써는 방법이 없소. 보아하니 댕갈송이의 약기가 많이 거센 것 같지만, 일단 바한의 체력이 대단하니 그걸 믿는 수밖에 없소. 잘만 된다면 어떻게든 나을 것 같은데……."

말도 안 되는 소리라는 걸 몰란덱도 잘 알고 있었다.

자양강장에 아무리 좋은 댕갈송이라지만, 그게 죽은 사람도 살린다는 부활화가 아닌 바에야 뿌리 조금 먹였다고 기운 차리며 일어설 수는 없는 것이다.

하지만 이럴 때에 딱히 어떤 행동을 해야 하는지 그도 알 수가 없었다.

아무르는 자신의 허벅지에 조심히 바한의 머리를 올렸다.

힘이 없는 바한의 머리는 제법 무거웠다.

그러나 그녀는 참았다. 맨바닥보다는 나을 것이다.

그녀는 가만히 입술을 깨물다가 말했다.

"아무리 생각해도 이해할 수 없어요. 분명히 붉은 나무의 숲에서 바한은 아무런 문제도 없이 나와 대화를 나누었다고요. 그때까지만 해도 멀쩡했어요."

몰란덱도 맞장구쳤다.

"그렇소. 노랑 나무의 숲에서도 그랬소. 당신들 둘이 홀렸을 때 그는 나와 대화를 나누었소."

"나도 마찬가지입니다. 검은 나무의 숲에서도 마찬가지였죠. 만약 바한이 나에게 말을 걸지 않았으면 나도 정신을 못 차리고 쓰러졌을 거예요."

고르고는 심란한 눈빛으로 바한을 보았다.

설령 하늘이 무너지고 땅이 꺼진다 해도 바한만큼은 다치거나 죽는 일이 없을 거라고 그는 생각했다.

추측이었지만 바한에게는 묘한 분위기가 있었다.

죽여도 죽지 않고, 때려도 상처 입을 것 같지 않은, 일종의 믿음이라고 해야 할 것이다. 셋이서 아무리 바보 같은 짓을 해도 바한은 묵묵히 일행을 끌어 주며, 도와주었다.

몰란덱의 주먹이 꾹 쥐어졌다.

"제길, 이게 무슨 일인지 모르겠어. 그렇게 펄펄하던 사람이 갑자기 왜? 더군다나 이곳이 안전한 길이라고 본인 입으로 말하던 사람 아닌가."

순간 아무르는 눈을 치떴다. 그녀의 눈동자가 빠르게 흔들렸다.

"맞아요."

"에?"

"안전한 길이 맞아요, 우리에게는."

"하지만 지금 바한의 상세를 설명하기에는 도무지……."

"우리 세 명이요. 우리 세 명은 안전하잖아요? 두통 조금 느낀 것 말고는 몸에 아무런 하자가 없어요. 그렇지 않아요?"

그녀의 말이 무슨 말인지 이해하기에는 약간의 시간이 필요했다. 이윽고 두 남자 역시 입을 쩍 벌렸다.

"그렇다면 바한이 무슨 술수라도 썼단 말입니까?"

"그건 모르죠. 그렇지만…… 광한수림을 누구보다 잘 아는 바한이 상처를 입었고, 우리만 멀쩡한 건 설명이 안 되잖아요? 게다가 그동안의 일을 기억하고 종합해 보면……."

"바한만 멀쩡했었군."

아무르의 말을 받은 건 몰란덱이었다.

"붉은 나무의 숲에선 아무르와 대화했고, 노랑 나무의 숲에서는 나와 대화를 했었소. 검은 나무의 숲에선 고르고와 대화를 했었지. 결국 바한은 삼색 욕망의 길에서 자유로웠다는 의미가 되오. 하지만 종국에는 그만 피를 토하고 쓰러졌소. 이건 확실히 이상한 일이오."

셋은 설명되지 않는 상황에 어지러웠지만 한 가지는 깨달았다.

자신들을 위해서 바한이 뭔가를 했고, 그 뭔가가 바한을 이 지경으로 몰고 갔다는 것.

고르고는 고개를 푹 숙였다. 말할 수 없는 자괴감이 그를 덮쳤다.

"바한을 만나지 않았다면 우리 모두 진즉에 죽었을 겁니다. 그는 우리에게 많은 도움을 주었어요. 하지만 정작 우리는 이 사람에게 도움을 줄 것이……."

"없지는 않아."

셋은 등골이 오싹한 느낌을 맛보았다.

화살처럼 꽂히는 목소리는 날카롭고도 부드러웠다.

몰란덱은 자신도 모르게 도끼를 빼 들며 뒤를 돌아보았다. 쾌속한 몸놀림, 형형한 안광에서 쏟아지는 기세가 실로 놀라워서 뒤를 점했던 괴인은 놀랐다.

"대단한 인간이군. 인간 중에서 이처럼 큰 사람을 본 적이 없는데. 그 무거운 도끼를 잘도 들고 다니는군."

매혹적인 목소리였다. 끈적끈적하고 요염하다. 그렇지만 동시에 상쾌하기도 했다. 고르고와 아무르의 눈동자가 한순간 몽롱해졌다.

그러나 몰란덱의 눈빛만큼은 도무지 사그라질 기미를 보이지 않았다. 오히려 그의 안광은 점점 진해지고만 있었다.

"누구냐……."

스산하게 퍼지는 몰란덱의 목소리는 지저 깊은 동굴에서 울리는 고대 괴물의 신음처럼 들렸다.

산뜻한 광한수림의 공기가 단박에 바닥으로 곤두박질치는 것 같았다.

도깨비 전사, 산신 호랑이의 자식이라고까지 불리는 희망의 성 최고의 전사가 온몸으로 쏟아 내는 살기란 세상을 잠재우는 것 같았다.

산신 호랑이와 직면했을 때도, 광신자와 직면했을 때도, 이만큼 살벌하진 않았다.

그만큼 몰란덱이 느끼는 위험도가 높다는 뜻으로 해석됨을 아직까지 아무르와 고르고는 모르고 있었다.

"놀라운 살기야. 피부가 다 따가워. 이 정도면 산신 호랑이와 맞붙어도 부족함이 없겠는걸? 과연 죽지 않는 숲의 자식이 동료를 삼을 만한 위인이란 말이지?"

괴인은 어깨에 메었던 사람을 아무렇게나 내동댕이쳤다.

아무르는 흠칫했지만 몰란덱은 변함없이 괴인만을 쳐다보았다.

놀랍게도, 고르고 역시 기세등등한 눈으로 괴인을 노려보고 있었다.

검은 망토로 몸은 물론 얼굴까지 감싼 괴인은 거침없이 바한에게로 다가갔다.

몰란덱의 도끼가 괴인의 앞을 가로막았다.

"멈춰라."

거인이라 불리어도 썩 부족하지 않는 거대한 전사가 도끼로 앞을 막으면 누구라도 기가 질릴 것이다.

하지만 괴인은 한 점의 공포도 느껴지지 않는, 되레 더욱 요염하고 진득한 목소리로 말했다.

"이 쇳덩이 좀 치워 주면 안 될까?"

"넌 누구냐…… 짐승이냐, 요괴냐?"

아까부터 세계 최강의 전사라 불리던 몰란덱의 가슴을 두근거리게 했던 위화감은 괴인에게 기인한 것이었다.

그는 살아생전 사람의 몸으로 이토록 기괴한 야수의 분위기를 풍기는 자, 만난 적이 없었다.

십 년 전 일생일대의 맞수라고 여겼던 서쪽의 무법자조차 사람으로서의 기세는 대단했지만, 이처럼 노골적으로 위화감을 풍기진 않았다.

목소리는 여인의 그것이지만, 기세는 호랑이보

다 더했으면 더했지 덜하지가 않다.

몰란덱은 괴인이 어쩐지 미소를 짓고 있다고 생각했다.

"짐승인지 요괸지는 중요한 문제는 아니지. 일단 너의 동료를 살리기 위해서는 내 힘이 필요할 것 같은데."

"뭐?"

"죽어 가고 있잖아? 어차피 숲의 가호를 받은 사람이니 다시 생을 얻겠지만, 그렇게 되면 십 년이 걸릴지, 이십 년이 걸릴지 아무도 몰라. 더군다나 당신들에게는 도울 만한 힘도 없는 것 같은데 말이지. 이제 이 도끼를 치울 만한 이유가 되겠어?"

몰란덱은 절대로 그럴 수 없다는 듯 계속 도끼로 괴인의 앞을 막았다.

아무르도, 고르고도, 마찬가지였다.

그들에게 중요한 건 무조건 수상한 인물을 바한의 곁에 두지 않겠다는 것이었고, 이유 따위는 중요하지 않았다.

그래서 또 살아나겠다는 괴인의 말을 흘려들을

수밖에 없었다.

기괴한 대치였다. 일순간 주변이 조용해졌다.

그때 이 묵직하고 답답한 분위기를 벗겨 내 버린 당사자가 있었으니, 그건 놀랍게도 사람이 아닌 한 마리 늑대였다.

푸른 눈에 회색의 털을 가진 늑대는 재빨리 괴인에게 다가가더니 그의 다리에 머리를 부비기 시작했다.

느닷없는 사태에 아무르와 고르고 심지어 몰란덱조차 황당함을 감추지 못했다.

누가 봐도 회색 늑대의 행동은 친근감의 표시였다.

지금까지 바한이 아닌 누구에게도 냉랭하기 짝이 없던 회색 늑대가 마치 어릴 적 헤어진 부모를 만난 것처럼 난리를 치고 있었다.

괴인은 가만히 늑대의 머리를 쓰다듬었다.

몰란덱의 눈이 번쩍 빛났다.

어두운 망토에서 튀어나온 괴인의 손은 섬세하고 가늘었다. 손톱 역시 정갈하게 다듬어져 마치 높은 신분의 여인을 생각나게 했다.

그때 고르고가 입을 열었다.

"도끼를 내려놓죠, 몰란덱."

"엥?"

설마 고르고가 이런 말을 할 줄 몰랐기에 아무르와 몰란덱은 눈이 통방울처럼 불거졌다.

고르고는 여전히 괴인을 단단하게 쳐다보고 있었다.

"어차피 우리로서는 바한을 깨울 방도가 없습니다. 어쨌든 저 여자처럼 보이는 사람이 뭔가 방법이 있는 것 같은데 맡겨 보죠."

"고르고, 그게 무슨 망발이오? 드디어 돈 거요?"

"만약 허튼 수를 쓴다면 당신의 도끼로 찍어 죽이면 되잖아요? 안 그렇습니까?"

늑대의 머리를 쓰다듬던 괴인의 손이 멈추었다. 고개를 살짝 든 괴인은 피식 웃으며 말했다.

"나를 죽일 수 있을 것처럼 말하는걸?"

"당신이 범상치 않은 사람이라는 건 알겠습니다만, 적어도 몰란덱의 도끼에서 벗어날 수 있을 것 같지는 않습니다. 당신이 설령 용이나 귀신이라도 바한에게 해를 끼친다면 목이 날아갈걸요? 세상에서 가장 처참하게 죽고 싶지 않으면 허튼 수는 쓰지 않는 게 좋을 겁니다."

"도움을 주려고 하는 사람을 너무 박대하는 거 아냐?"

"당신이 바한을 치료한다면 이 무례를 사과하겠습니다. 그러나 나나 내 동료들은 마의 숲이라는 광한수림에 갑자기 나타난 사람을 덥석 믿을 정도로 관대하질 못해서요. 모든 건 결과에 달렸습니다."

유약하기만 했던 고르고가 이렇게 당돌한 말을 내뱉을 줄은 누구도 몰랐다.

몰란덱은 고르고와 괴인을 돌아가며 쳐다보다가 콧방귀를 뀌었다.

"좀 분하긴 하지만 이건 고르고의 말이 옳은 것 같군. 어이, 망토로 돌돌 싸맨 양반. 바한을 치료하면 그때 사과하겠소. 하지만 혹시라도 이상한 짓거리를 하려거든 다진 고기가 된 자신의 모습을 한번쯤 상상해 보는 걸 권장하는 바요."

"별로 상상하고 싶진 않은데, 하지만 걱정하지

마. 나도 저 사람에게 받은 도움이 있어."

괴인은 천천히 바한에게 다가갔다.

빠르지도 느리지도 않은 평범한 걸음이었지만 망토로 가려진 다리 때문에 걷는 건지, 부유하는 건지 판단하기 어려웠다. 아무르는 다가오는 괴인을 보며 소름이 오싹 돋았다.

괴인은 바한의 옆에 앉으며 창백한 손으로 그의 이마를 짚었다.

"아직은 쓸 만하겠어."

얼굴을 가린 망토를 벗자 괴인의 모습이 드러났다.

셋은 괴인의 실제 얼굴을 보고 입을 쩍 벌렸다.

치렁치렁한 머리카락이 어깨를 타고 흐르는데 마치 폭포수처럼 생기가 넘쳤다. 새하얀 안색에 입술이 유독 빨갛지만, 그건 기괴함보다 매혹으로 봐야 할 종류의 것이었다. 요염 어린 눈빛과 오뚝한 코는 사내를 홀리는 극한의 마력이 숨겨져 있다. 여자 보기를 지나가는 돌멩이 보는 것처럼 하는 고르고조차 한순간 여인의 모습을 보고 눈을 떼지 못했다.

"이봐, 여자."

"에, 예?"

"환자 입을 좀 벌려 봐."

아무르는 얼떨결에 바한의 턱을 벌렸다.

이 신비함과 요염으로 무장한 여인은 손가락 하나를 들어 자신의 손목을 베었다.

마치 칼로 베인 것처럼 예리한 자상이 난 그녀의 손목에서는 피가 줄줄 흘러나왔다.

그녀는 그 피가 흐르는 손목을 바한의 입에 대었다.

몰란덱은 이게 도대체 무슨 짓거리냐며 소리를 지르고 싶었다.

세상에 사람을 살리는 일 중에서 가장 어이없는 일이 제 피를 먹이는 것이다.

머나먼 과거 부모의 병세를 치료하게 위해 자기 약지를 잘라서 피를 먹였다는 효자의 이야기가 미담으로 내려오지만, 그건 말 그대로 민담(民譚) 속의 미담(美談)일 뿐이다.

정신을 잃은 사람에게 함부로 피를 먹이면 자칫 피가 굳어 기도를 막을 위험이 있다.

하지만 여인의 얼굴이 워낙 진지하고 경건해서 몰란덱은 물론 고르고와 아무르도 찍 소리를 내지 못했다.

왠지 이 분위기를 망쳐서는 안 될 것 같은 확신이 그들의 가슴에 스며들었다.

꽤나 많은 피가 흘러 바한의 입으로 들어갔다.

평범한 사람이라면 어지럼증 때문에 비틀거릴 만한 양이었으나 여인은 미동조차 없었다. 오히려 더욱 손목을 쥐어짜서 피를 짜고 있었다.

확실한 것은 여인 역시 열성을 다하고 있다는 것이었다.

자기가 죽지 않으려는 이상 이렇게까지 피를 짤 수가 없다. 몰란덱은 손에 들린 도끼를 등에 걸었다.

그렇게 얼마나 지났을까.

"콜록! 콜록!"

바한이 눈살을 찌푸리며 거세게 기침을 해 댔다.

"바한!"

"정신을 차린 거요?"

놀라운 일이었다. 피를 한 사발 먹어서 깨어난

사람이란 이제껏 없었다.

여인은 이제야 손목을 거두며 말했다.

"조금만 기다려 봐. 곧 정신을 차릴 거야."

확실히 바한의 혈색인 이전보다 훨씬 좋아졌다.

누가 더 창백한지 시체와 싸운다면 한판승을 거둘 정도로 좋지 않았던 바한의 안색은 그래도 이제 제법 사람 같았다. 불안하기만 했던 호흡 역시 편안했다.

고르고는 감격에 차서 바한을 보다가 여인에게 고개를 숙였다.

"고맙습니다. 당신 덕분에 바한이 살았군요. 일전에 무례는 부디 용서하시길 바랍니다."

여인의 입가에 빙그레 미소가 지어졌다. 매혹적인 미소.

"그래도 사내답군. 이쪽과 달리 말이야."

그녀의 손가락은 거대 전사를 향하고 있었다.

몰란덱의 눈살이 있는 대로 찌푸렸다.

"난 의심이 많은 성격이라 바한이 정신을 차릴 때까진 기다려야겠소. 사과는 그때 하도록 하지."

"그 말은 나 역시 이곳에서 기다리란 말이지?"

"당연한 걸 왜 물으시오?"

"참 피곤한 성격이야. 기분이 좀 상하긴 하지만…… 뭐, 그렇게 해 두지. 어차피 나도 이 사람하고 얘기할 게 좀 있어."

천둥소리가 아닐까 의심될 정도로 엄청난 콧방귀를 뀐 몰란덱은 고개를 홱 돌려 버렸다. 여인은 바닥에 주저앉아 가만히 바한의 얼굴만을 바라보았다.

아무르는 여인에게 물었다.

"그런데 당신은 누구죠?"

그러고 보니 아직 정체도 몰랐구나 하는 생각에 두 남정네의 시선도 여인에게 돌아갔다. 좀 어처구니없기는 했다.

"내 이름을 알려 달라는 거야, 아니면 그동안 뭘 하면서 살아왔는지를 전부 까발리란 말이야?"

"이름부터 알 수 있을까요?"

"아하, 일단 통성명을 하잔 말이지? 좋아, 그렇게 하지. 하지만 보통 남의 이름을 물어볼 때는 자기 이름부터 밝히는 게 예의가 아니었던가?"

참 까다로운 사람이라 생각하며, 아무르는 말

했다.

“전 아무르예요. 이 전사 분은 몰란덱이고, 여기 이 사람은 고르고라고 하죠. 당신은요?”

“역시 무례한 남정네 두 명보다는 여자와 말하는 게 달달해. 이제야 대화할 맛이 나겠는걸. 내 이름이라…… 어디 보자, 좀 많은데.”

희극적으로 허공을 쳐다보며 재던 여인은 빙긋 웃었다.

다른 걸 떠나서 저 웃음만큼은 참 매력적이라고 아무르는 생각했다.

“너무 많아서 하날 꼭 짚기가 뭐해. 하지만 굳이 불러야 한다면 쿨리아라고 불러 줬으면 좋겠는데.”

참 희한한 이름이었지만 그걸 신경 쓸 정도로 아무르는 시야가 좁지 않았다.

하지만 고르고에게는 그게 아주 중요한 문제인 것 같았다.

“쿨리아? 세상을 돌아다니면서 그런 이름을 가진 사람을 듣지 못했는데.”

“웃기는 사람이군. 고르고라고 했던가? 아무리

세상 전부를 다 돌아다녔다고 해도 당신은 사람들 이름 하나하나를 다 외우고 다니나? 그렇다면 정말 대단한 두뇌를 가지고 있는데?"

비꼬는 기색이 다분했지만, 제법 논리적인 말이었다.

몰란덱은 어깨를 으쓱하고, 아무르는 눈짓으로 고르고를 나무랐지만, 고르고의 시선은 여전히 흔들리지 않았다.

"나는 오히려 건망증이 심해 사람 이름도 잘 외우지 못하는 편입니다. 그렇지만 제법 유명한 사람들 이름은 필수로 외우죠. 내 말은, 사람에게 자기 피를 먹여서 정신을 차리게 한다든지, 그러면서도 피곤한 기미도 보이지 않는 범상치 않은 사람의 이름을 들어 본 적이 없다는 겁니다. 이 정도로 특색 있는 사람이라면 바깥에서 상당히 유명했을 것 같은데요? 더군다나 굉장한 미인 아닙니까? 유명해지지 않을 이유는 하나도 없어요. 아니면 몸을 숨겨야 할 정도로 부당한 일을 저지른 건가요?"

아무르는 놀란 눈으로 고르고를 바라보았다.

설마 고르고가 이렇게까지 생각이 깊은 줄은 몰

랐던 것이다.

고르고는 교묘한 화술로 쿨리아라는 여인의 진짜 정체를 스스로 꺼내도록 만드는 힘이 있었다. 몰란덱 역시 상당히 의외라는 듯 고르고를 쳐다보았다.

쿨리아는 눈을 살짝 가늘게 뜨며 고르고를 노려보았다.

"입심이 제법인데?"

"몰란덱이나 아무르보다는 한참이나 급이 낮죠. 이 두 사람은 말로도 사람을 정신병자로 만들 수 있거든요."

쿨리아는 상당히 긴 시간을 영위하면서 이렇게 얼이 빠진 적은 처음이라고 생각했다.

익숙지 않은 감정에 그녀는 잠시 멍했다가 이내 크게 웃었다.

그녀는 몰란덱과 아무르의 도끼눈에 살짝 위축된 고르고를 보며 찬탄을 터트렸다.

"이제 보니 참 매력적인 사람이었네?"

"그렇게 생각하는 사람 처음 만납니다, 반갑네요."

"의외로 당신과 대화하는 건 재미가 있겠어. 하지만 내 정체에 대해서는 저 사람이 깨어나면 그때 풀기로 하지. 어차피 시간이야 많잖아? 궁금증은 묵혀야 맛난 법이라구."

"감질나게 하는 데에 일가견이 있으십니다."

"내 장점 중 하나야. 그나저나 손이 좀 비면 저 사람 좀 치료해 주지 않겠어? 어떻게 상처는 제 놈이 막아 놓은 거 같지만, 그렇다고 도움이 아예 필요하지 않은 건 아닌 것 같은데."

쿨리아의 손가락이 향하는 곳에는 상당히 웃긴 자세로 엎어진 남자 한 명이 있었다.

손에는 여전히 부러진 칼을 쥐고 있는데, 천으로 막아 둔 상처에서 피가 슬슬 배어 나오고 있었다.

그제야 위급한 사람을 발견한 고르고는 화살처럼 뛰어갔다.

몰란덱과 아무르는 여전히 바한을 지켰지만, 눈은 고르고를 쫓았다.

"다행히 상처가 크진 않아요. 흉터는 남겠지만 어떻게 더 손볼 건 없습니다. 체력이 많이 떨어진 모양인데, 기력이라도 보충시키는 게 좋을 것 같습니다. 댕갈송이 즙이라도 먹여야겠어요."

분주하게 이곳저곳을 돌아다니는 고르고를 보며 아무르는 약간의 이질감과 묘한 감탄을 느꼈다.

아무리 봐도 이전의 고르고가 아니었다.

뭔가 상황에 조금 더 적극적이고 능수능란했다.

뼈마디 시원치 않은 중년의 학자임은 분명했지만 어쩐지 조금 달라 보인다.

'삼색 욕망의 길을 거치면서 부교장의 뭔가가 바뀐 것일까?'

그녀가 상념에 접어들 때 몰란덱은 그 굴강한 턱으로 알 수 없는 남자를 가리켰다.

"근데 저 남자는 누구요? 당신이 데리고 왔잖소?"

"글세? 위험 지역으로 자꾸 들어가려고 설쳐서 기절시키고 데리고는 왔어. 뭐하는 사람인지 나도 잘 몰라."

"위험 지역?"

광한수림 자체가 통째로 위험 지역임은 분명하다.

그렇지만 몰란덱은 쿨리아의 말에서 광한수림을

들어오자마자 기절시켜 데려왔다는 느낌을 받진 않았다. 광한수림 내에 위험 지역, 즉, 지옥 속의 지옥이라는 느낌이랄까.

쿨리아는 빙긋 웃었다.

"삼색림(三色林)으로 들어서더라고. 이제는 제 힘을 쓰지도 못하는 곳이라지만, 아직 다 부서지지 않아서 평범한 사람에게는 위험하거든. 그냥 놔둬도 상관은 없지만…… 그래도 인지상정이라고 하지 않아?"

사람이 놀라게 되면 정보를 수습하기 위해서 약간의 시간이 걸리기 마련이다.

몰란덱과 아무르도 그러했고, 고르고라고 다를 건 없었다. 상상도 못한 인간의 입에서 상상도 못할 내용이 나왔다.

잠깐의 침묵을 깨 버린 아무르는 조심스레 물었다.

"쿨리아, 혹시 당신이 말한 삼색림이라는 게……. 삼색 욕망의 길을 말하는 건가요?"

"삼색 욕망의 길이라. 참 고풍스럽게 풀어 놨군. 지금이야 어떻게 부르는지 알 바는 아니지만, 내가 말한 삼색림이 아마 그게 맞을 거야.”

쿨리아는 손가락을 하나 들어 입꼬리를 살짝 문질렀다.

“뭐더라? 왕국 이름 있었잖아, 왜? 아, 판주아. 바깥세상에서는 판주아 왕국이 있었지. 그때만 해도 삼색림이라고 불렀거든. 들어 보니까 요새는 나라가 없어졌다며?”

장난스러운 기색이 가득했다.

유쾌하고 퇴폐적인 그녀의 모습은 사람에게 묘한 감흥을 불러일으키게 했다.

그러나 몰란덱은 아무래도 장난할 기분이 아니었던 모양이다.

일순간 바람이 휙 불었다.

무시무시한 소리와 함께 몰란덱의 도끼가 등에서 빠져나와 그의 손아귀에 잡혔다.

거의 2미터에 육박하는 거대한 도끼가 쿨리아에게 겨누어졌다. 속도를 제치고서라도 박력이 엄청나서 시종일관 담담하고 여유 있던 쿨리아조차 흠칫 놀랄 정도였다.

아무르는 살짝 입술을 깨물고, 고르고 역시 경계

어린 눈으로 쿨리아를 바라보았다.

그들은 피를 그렇게나 흘리면서도, 덩치 좋은 성인 남성을 아무렇지도 않게 들어 매면서도 호흡 한 번 흐트러지지 않은 여인에게 많은 경계를 하지 않은 자신들을 질책했다.

이때만큼은 쿨리아도 웃지 않았다.

"이게 무슨 짓이지? 지금까지의 무례 정도야 웃으면서 넘어가지만 일행의 생명을 살린 은인에게 보일 만한 태도는 아니지 않아?"

"무례의 문제가 아니에요."

바한의 머리를 꾹 누른 아무르의 입에서 날카로운 목소리가 발작적으로 튀어나왔다.

"나와 몰란덱과 고르고는 바한의 말을 존중하고 믿어요. 그는 거짓을 말한 적이 지금껏 한 번도 없죠. 농담도 안 하는 사람이에요. 그런 사람이 삼색 욕망의 길을 조종하는 요괴가 한 마리 있다고 우리에게 말했던 적이 있어요."

그녀의 눈동자가 차갑게 빛났다.

"존립할 수 없는 인간과 흡혈귀와의 대치 상황이라면 예법이 필요하진 않겠죠?"

쿨리아의 입가가 살짝 올라갔다.

미소였지만 누가 봐도 알 수 있을 정도로 차가운 미소였다.

‡ ‡ ‡

"그만두십시오."

팽팽한 대치를 일시지간에 날려 버린 것은 힘없는 남성의 목소리였다.

다 죽어 가는 목소리였지만 명료한 기색이 있어서 누구도 무시할 수 없었다.

아무르는 자신의 허벅지에서 들려오는 목소리에 깜짝 놀라 아래를 내려다보았다.

살짝 뜨인 바한의 눈동자는 언제나처럼 모호했다.

흑색도 백색도 아닌 회색. 하지만 한 줄기 차가움이 감도는, 바한만의 눈빛이었다.

"바한!"

“정신이 좀 드세요?!”

회색 늑대는 재빨리 달려 나가 낑낑대며 바한의 가슴에 얼굴을 묻었다.

바한은 늑대의 머리를 쓰다듬으며 눈을 몇 번 끔뻑였다. 앞이 제대로 보이지 않았던 모양이다.

몰란덱은 바한의 손을 꼭 틀어쥐었다. 손이 워낙 큰 몰란덱인지라 평범한 사람보다 상당히 큰 바한의 손도 그의 손안으로 쏙 들어가 버렸다.

“놀랐잖소!”

왠지 손이 부서질 것 같다는 느낌에 바한은 통증을 호소할까 생각했지만, 일렁이는 거대 전사의 눈을 보며 포기했다.

“시간이 얼마나 지났습니까?”

“반 시간쯤 지났소. 지금 그게 문제가 아니잖소. 몸은 좀 괜찮은 거요?”

“힘은 없지만 그런대로 움직일 수는 있을 것 같습니다. 체력이 돌아오기까진 시간이 좀 걸릴 듯한데, 그래도 목표지까지 가는 데에 결정적인 하자는 없다고 할 수 있겠습니다.”

바한만의 묘한 말투를 듣자 아무르와 고르고는

괜히 반가워 눈물을 글썽였다.

자존심 강한 아무르는 고개를 돌렸고, 고르고는 부리나케 달려와 그의 손을 잡았다.

바한은 고르고의 아귀힘이 상당하다는 사실을 알려 주는 동시에 내 손가락이 파열될 것 같다고 말하고 싶었지만, 이번에도 뜻을 이루지 못했다.

"큰일이라도 난 줄 알았습니다."

눈물을 주르륵 흘리는 고르고의 눈을 보며 바한은 묘한 감정을 느꼈다.

이제는 사라졌지만, 다시금 되살아났다고 느끼던 감정 중 하나.

그렇지만 그것이 무엇인지 정확하게 판단하기 힘든 그런 감정이었다.

'날 걱정하고 있어. 눈물은 왜 흘리는 거지? 내가 깨어나서 그런 건가. 상당히 반가워 보이는데.'

알 것도 같았다. 일전의 길을 나서면서 깨닫게 된 인간으로서의 본질이 그를 흔들어 깨웠다. 이제는 말해도 될 시간이 된 듯싶어 바한은 입을 열었다.

"두 분 다 손 좀 놔 주시겠습니까? 힘이 없어서

그런지 고통스럽습니다. 덕분에 정신은 많이 깨는군요."

이렇게 멋없이 말하는 사람도 드물 거라고 생각하며 몰란덱과 고르고는 손을 놓았다.

아무르의 부축으로 상체를 세운 바한은 가볍게 숨을 몰아쉬었다.

혈색이 도는 얼굴이지만 그렇다고 정상인에 비하기엔 어려운 얼굴이었다.

쌕쌕 거북한 호흡이 바한의 얼굴을 살짝 맴돌다가 땅 밑으로 추락하길 반복했다.

"일어서도 괜찮겠어요? 아직 좋아 보이진 않아요."

"아무르의 다리를 베서 그런지 생각보다 포근한 느낌입니다. 괜찮아요, 고맙습니다."

아무르의 얼굴이 살짝 붉어졌다.

나무에 등을 기대앉은 바한은 시선을 들어 쿨리아를 바라보았다.

쿨리아 역시, 이전까지 자신에게 쏟아졌던 살기와 불쾌함을 모조리 지워 버린 듯 묘한 눈길로 바한을 바라보았다.

"바한, 조심하세요! 이 여자는 당신이 말했던 그……."

"알고 있습니다. 흡혈귀라는 거."

"맞아요! 그러니까 어서 쫓아내야 해요! 언제 무슨 짓을 저지를지 누가 알겠습니까?"

"날 살린 건 흡혈귀입니다. 당신의 언행에는 은원의 개념이 명료하지가 않습니다. 그건 예의가 아닙니다."

고르고는 입을 다물었다.

바한은 그의 말을 듣지 않았다. 딱히 집중하지도 않았다.

말을 마친 바한은, 그저 조용한 기색으로 쿨리아를 바라볼 뿐이었다.

그건 바한만이 아니었다. 쿨리아 역시 바한의 눈에서 자신의 눈길을 떼지 않았다.

둘 사이로 한 줄기 바람을 탄 나뭇잎이 떨어졌다. 세상은 금세 조용해졌다.

눈빛과 눈빛의 교환은 생각보다 길었다. 어디서든 보기 힘든 대치.

고르고는 인간과 흡혈귀의 눈싸움이 생각보다 제법 몽환적인 광경이 될 수 있다는 것에 놀랐다. 왠지 다리가 떨려 왔지만 주저앉을 수 없는 분위기이기도 했다.

엄숙한 분위기에 몰란덱은 물론 아무르도 입도 벙끗하지 않았다.

그래선 안 될, 위엄 있고 장중한 분위기는 마치 고대 왕국, 대전의 그것과 닮아 있었다.

바한은 살짝 눈을 감았다.

고르고는 바한이 눈싸움에서 졌다는 사실에 별로 애석해하진 않았다.

놀라운 일은 뒤에 일어났다.

앉아서 바한의 눈빛을 샅샅이 헤집던 쿨리아가 벌떡 일어나 망토를 벗어 던진 것이다.

시커먼 망토를 벗자 그녀의 진실된 모습이 드러났다.

붉고 기다란 치마와 연한 노란색 저고리로 정갈한 복장을 갖춘 그녀의 모습은, 망토를 둘렀을 때와 다르게 고귀하고 정숙해 보였다.

퇴폐적인 분위기는 어느새 하늘 저 멀리로 날려 버린 그녀는 천천히, 아주 천천히 바한에게 절을 올렸다.

아무르의 입이 쩍 벌어졌다.

그녀는 자신이 제법 추한 몰골로 변했다는 것을 인지하기까지 상당한 시간을 필요로 했다. 그건 고르고나 몰란덱 역시 다르지 않았다.

흡혈귀가 사람에게 절을 올리는 이 전대미문의 압도적인 광경에 일행은 다시 한 번 말문이 막혔다.

사건사고가 끊이지 않는 세상에서도 이처럼 괴이한 사건은, 불로불사의 비법이 광한수림에 있다는 것에 준할 만큼의 신기함이었다.

불쾌한 신화 속, 악덕과 파괴로 얼룩진 흡혈귀라는 존재는 세상 모든 사람들에게 공포의 대상이었다.

실제로 있는지조차 의문인 피의 요괴는 너무나도 확실한, 그러나 몽환적인 존재감을 과시한 채로 광한수림에 살고 있었다.

그것만으로도 놀라운 사건으로, 이 사실이 밝혀지는 순간 세상이 발칵 뒤집힐 것이다.

거기다 사람에게 절까지 올리니 고르고는 다시 엉뚱한 상상 속에 자아를 띄웠다.

'원래 흡혈귀가 착한 요괸가? 사람을 섬기는 그

런 거 있잖아, 왜. 아까 흡혈귀가 바한에게 도움을 받았다고 말하지 않았었나? 은혜 갚는 요괴 뭐, 이런 건가?'

그렇지만 그의 상상력은 곧 제동이 걸리고야 말았다.

어여쁘게 절을 한 번 한 쿨리아가 일어선 후 다시 무릎을 꿇고 앉아 고개를 살짝 숙인 채 입을 열었기 때문이다. 더할 나위 없는 공경의 예법이었다.

"누추한 자리에서 은인을 뵙고 있음에 부디 용서하시길 바랍니다. 쿨리아라고 불러 주시면 감사하겠어요."

은인이라…… 그것 참 묘한 단어인걸.

고르고는 턱을 쓰다듬으며 은인이라는 단어를 곱씹었다.

흡혈귀가 사람에게 은인이라고 말하는 광경 역시 어디서 보기 힘든 광경임은 분명했다. 하지만 그는 워낙 상식을 벗어난 광경 때문에 아무르가 금세 생각해 낸 의문을 떠올리진 못했다.

'어떤 은혜를 입었다는 걸까?'

바한은 특이한 사람이다. 적어도 그녀에게는 그랬다.

하나하나 설명하기 벅찰 만큼 일반 상리와는 거리가 먼 언행을 해 왔고 이제는 많이 익숙해졌다고는 하지만 그렇다고 정상으로 보기엔 무리가 있었다.

친구로 늑대를 동반하는 이 다시 보기 힘들 남자라면 아마 흡혈귀에게 도움을 준다는, 문장으로 만들어 내기도 기가 찬 일들을 해냈을지도 모른다.

바한은 천천히 눈을 떴다. 여전히 힘이 없는 모습이었다.

"쿨리아, 하대를 바라겠지?"

"당연합니다, 대인."

"몸은 좀 괜찮은가?"

쿨리아는 어여쁜 미소를 지었다.

흡혈귀라는 이름만 빼면 인간과 다를 게 하나도 없는 이 여인은, 그러나 보통 사람이 생각할 수 없는 미모의 소유자이기도 했다.

그녀가 미소를 짓자 광한수림 전체가 흔들리는 느낌이라고 몰란덱은 생각했다. 그리고 고개를 홱

홱 저었다.

저건 흡혈귀라고! 사람 피 빨아먹고 사는 괴물이잖아!

"더할 나위 없이 괜찮습니다. 죽어서도 갚지 못할 큰 선물을 받았습니다. 대인의 은혜가 실로 각골난망(刻骨難忘)이옵니다."

"과한 예로군. 만약 이들이 아니었다면 만날 수도 없었던 운명 아닌가. 그저 자네의 운이 좋았다고 생각하게."

각골난망이 뭐지?

아무르는 자신이 모르는 단어가 나타났다는 것에 신경이 쓰였지만, 그것보다 더 신경 쓰이는 문제가 앞에 나타났다는 걸 부인할 수 없었다.

바로 바한의 태도였다.

자연스레 하대를 하는 그의 모습은, 비록 여전히 일행이 알던 바한이었지만, 또 다른 모습을 하고 있었다. 기묘한 광경에 기묘한 분위기였다.

건드려서는 안 될 분위기. 말 한마디 하면 이 기묘한 상서로움이 모조리 깨져 버릴 듯한.

몰란덱과 아무르, 고르고는 거장의 예술품을 함

부로 판단할 수 없는 심정이 이러할까 의문이었다.

그렇지만 언제나 이런 말도 안 되는 상황을 타파하는 건 사람으로서의 눈치가 얼마나 없을 수 있는지 그 한계를 시험해 볼 수 있을 정도로 맹한 고르고뿐이었다.

“저기…… 바한? 지금 이게 무슨 대화인 거죠? 저 흡혈귀가 왜 당신에게 은혜를 입었다고 하는 겁니까?”

몰란덱과 아무르는 살짝 눈살을 찌푸렸지만, 그들도 고르고를 막지는 못했다.

그들 역시 궁금했기 때문이다. 셋의 눈이 자연스럽게 바한에게 향했다.

놀랍게도 그 답을 한 것은, 바한이 아니라 쿨리아였다.

그녀의 눈동자가 불그스름하게 변했다.

요사한 눈동자 앞에서 고르고는 뱀을 본 개구리가 이와 같을까 하는 두서없는 생각을 잠깐 해 보았다.

“너희들은 정말 너희들이 잘나서 삼색림을 빠져나온 거라고 생각하는 거야?”

"에?"

"아직 이유를 깨닫지 못하는군. 대인께서 너희들을 대신해 희생을 했기 때문이야. 내가 자유를 얻기 위해서 조금 과도하게 힘을 쓴 부분은 인정해. 내가 살기 위해서는 어쩔 수 없었지. 그래서 대인에게 죄송하다고 하는 거야. 대인은 나의 속박을 풀어 주신 분이시다."

고르고는 슬쩍 몰란덱과 아무르를 돌아보았다.

"저기, 나만 이해가 안 되는 거 아니죠?"

쿨리아의 동공이 더욱 붉어졌다.

검은 눈동자나 파란 눈동자, 갈색 눈동자는 봤어도 빨간 눈동자는 처음 본다고 아무르는 생각했다.

요염하고 끈적끈적했지만 매력적이라는 데에는 누구도 이견이 없을 것이다.

위험한 매력.

"멍청하긴! 붉은 나무의 숲이나 노랑 나무의 숲이나, 그곳에서 환희에 젖어 죽는다면 모르지만, 하나라도 통과하기 위해서는 과도한 정염이 필요해. 그래서 하나의 욕망림이 끝나면 힘이 빠지고 심하면 쓰러져 정신을 잃을 정도가 되는 거다. 저 멀리서 서로 고맙다고 인사하는 꼬락서니를 보니 참 웃기더군. 너희들이 잘나서 통과했다고? 설령 통과했다고 해도 지금 이렇게 서 있다는 건 말이 안 되는 거야. 대인께서는 너희에게 빼앗길 정염을 모두 대인 스스로의 몸으로 이전(移轉)시켜서 너희를 안전하게 만들어 주신 거라고. 너희는 너희들 몸에 이상이 없나만 신경 썼지, 정작 힘이 빠지는 대인의 모습을 본 적이 한 번도 없었단 말이야?"

굳이 천둥이나 번개가 내려치지 않아도 사람에게는 그걸 느낄 만한 놀라운 힘이 있다.

감정과 상상력이 풍부한 인간은 분명 그럴 수 있다. 정신적 충격, 경악이라는 이름으로 그럴 수 있다.

몰란델과 아무르, 고르고는 엄청난 충격을 받았다.

어쩌면…… 하고 생각했던 바였다. 그러나 정확한 판단을 내리기도 힘든 판국이라 그냥저냥 넘겼던 상황들이 쿨리아의 말로 인해서 차례로 정리가 된다.

그들의 눈이 모두 바한에게 닿았다.

바한은 조금 더 피로한 기색이었지만 눈을 한 번

감고는 고개를 끄덕였다.

"쿨리아의 말이 맞습니다. 쿨리아는 삼색 욕망의 길에 고립된 흡혈귀로서 무려 구백 년이 넘는 세월 동안 홀로 지내야만 했습니다. 나에게 몇 번 요청을 했지만, 나는 해야 할 일이 있었고, 시간도 부족했기에 그 부탁을 들어줄 수 없었습니다. 그러나 이번에는 사정이 달랐습니다. 그녀는 광신자들에게 우리가 갈 길목을 막으라 암시를 걸고, 우릴 이곳으로 유도한 것이지요. 나는 그것을 막을 힘이 없었습니다. 삼색 욕망의 길로 들어서는 순간 나는 쿨리아의 생각을 깨닫고, 그녀의 부탁을 들어주리라 생각했습니다. 그렇지만 당신들을 이 계획에 끌어들일 수는 없었습니다. 되레 안전하게 목적지까지 데려다 줘야 할 임무가 있는 나로서는 나의 정기만 소모하면 된다는 지극히 논리적인 판단하에 행동했고, 강제 수면에 들기 전 쿨리아가 내게 돌아와서 날 회복시켜 주리라 생각했습니다. 다행히 계획은 맞아 떨어진 겁니다."

쿨리아는 그 새빨간 입술을 깨물며 고개를 푹 숙였다.

"송구하옵니다, 대인. 소녀의 욕심으로 인해 부득이 위험한 길로 모신 것을 사죄드리겠습니다."

"어차피 그쪽 길도 위험하긴 매한가지였으니 부담을 가지지 않았으면 하네. 오히려 모두가 안전하게 시간을 줄였어. 전화위복(轉禍爲福)이 된 셈이지. 이 또한 자네와의 인연 덕분이라고 할 수 있네. 괘념치 말게."

"자, 잠깐만!"

몰란덱은 자신의 도끼가 발등을 찍어 버린 것도 잊어버린 채 손가락을 하나둘 세면서 홀린 듯이 말했다.

"그러니까 에, 정리를 하자면 결국에는 광신자들인지 뭔지 하는 그 도마뱀 새끼들이 원래 있어야 할 곳이 아니라 거기까지 나타난 이유는 다 저 흡혈귀 때문인 거요? 그게 책략이었다, 이거요? 그리고 바한 당신은 그걸 거부할 수 없었고?"

"맞습니다."

아무르는 약간 자괴감이 드는 표정으로 몰란덱의 말을 받았다.

"어떤 방법으로 정염을 빼앗는지는 모르지만,

바한 당신은 우리에게서 소모될 정기를 모두 당신 스스로에게 돌렸다는 의미로군요? 그리고 그 알 수 없는 일로 흡혈귀가 봉인에서 풀려 났고요. 그래서 쿨리아가 당신에게 은혜를 입었다고 하는 거죠? 내 말이 맞나요?"

"정확합니다."

일행은 기억을 확실하게 되짚을 수 있었다.

삼색의 숲에서 유혹에 휩싸이지 않았을 때 항상 옆에는 바한이 있었다.

바한은 그들에게 말을 걸었고, 자극을 통해 욕망에 대한 반발심을 키워 주었다. 그것을 상상으로 실현해 내 일행을 안전하게 이끌었지만, 정작 자신의 정기는 극한까지 소모되고야 말았다. 그리고 그 정기를 한계까지 빨아먹은 흡혈귀가 봉인에서 풀렸다…….

그들은 부끄러움에 얼굴을 들 수가 없었다.

목숨을 빚졌다고 생각한 대상은 그들 자신들이 아니라 바한이었다.

바한이 아니었다면 붉은 나무의 숲에서 이미 뼈를 묻었을 것이다.

그들의 부끄러움은 곧 불길로 변했고, 모두 쿨리아에게 돌아갔다.

고르고의 눈에 드물게도 분노의 기색이 꽉 들어찼다.

"결국 당신 때문이잖아! 당신이 아니었다면 이곳까지 올 필요도 없었다는 거잖아!"

쿨리아는 여전히 요사할 정도로 아름다운 얼굴을 유지한 채 바한만을 바라보고 있었다. 그러나 한 줄기 씁쓸함을 입에 물었다.

"어쩔 수가 없었어. 거의 천 년에 가까운 세월이야. 백 년, 이백 년도 아니고 혼자서 천 년 동안이나 삼색림에 봉인되어 있었어. 지금까지 살 수 있던 것도 어쩌다가 이곳에 들어선 인간들이나 동물들 덕분이야. 처음 삼백 년은 고독에 사무치고, 다음 삼백 년은 미쳐서 삼색림을 파괴하고 재건하는 걸 반복했어. 후에 삼백 년은 어떻게든 도움을 얻기 위해서 바깥으로 도움을 요청했었어. 너희들은 구백 년이 넘는, 천 년에 가까운 세월 동안 혼자서 숲에 얽매인 채 살아갈 수 있겠어? 그건 수명이 한참이나 많은 나에게 오히려 고통이야. 죽음은 차라리 안식이라는 게 어떤 의미인지 너희는 모를 거야."

쿨리아의 말을 들은 고르고는 숨이 턱 막혀 말을 이을 수 없었다.

그건 몰란덱도 아무르도 마찬가지였다.

죄인을 옥에 가두는 형벌 중 가장 끔찍한 형벌이 움직일 공간도 마땅찮은 독방에 가두는 것이다.

사람이라면 그곳에 일주일만 갇혀도 심신이 지치고 달포가 넘어가면 미쳐서 몸부림친다. 일 년은 커녕 반년조차 버티지 못할 정도로 고독이 주는 고통은 상상을 초월한다.

아무리 흡혈귀라 할지언정 구백 년이 넘는 세월 동안 혼자 지냈다는 건, 그것도 자의가 아닌, 타의로 인해 봉인이 되었다는 건 그들의 동정심을 폐부까지 자극하기에 부족함이 없었다.

의심 많고 열화와 같은 성격에 몰란덱도 입맛만 다실 뿐, 쿨리아에게 더 이상 쏘아붙일 수가 없었다.

바한이 손을 들어 대치 상황을 막았다.

"그만하면 됐습니다. 나는 그녀의 생각을 알았

고, 부탁을 거절하지 않았습니다. 오히려 그녀 덕택에 한결 빨리 목적지로 도달할 수 있으니 고마워해야 할 일입니다. 설령 광신자가 나타나지 않았다 하더라도 맹수 지옥이 득실거리는 늪지대는 위험도가 낮을 뿐, 위험하지 않은 것은 아니었습니다. 이 상황에서 지난 잘잘못을 따지는 건 무의미하다고 생각합니다."

언제나 바한의 말은 이치에 합당했다.

세 명은 말을 잇지 못하고 각자 고유의 방법으로 알 수 없는 감정들을 해소했다.

몰란덱은 헛기침으로 먼 산을 바라보았고, 아무르는 한숨을 쉬었으며, 고르고는 가만히 입술을 깨물었다.

바한은 몇 번 밭은기침을 내뱉었다.

힘겨워 보이는 모습이었다. 쿨리아는 걱정스러운 듯 바한에게 말했다.

"체력을 회복하시는 게 급선무인 듯합니다. 저의 피가 대인의 몸을 회복시켜 드릴 수 있을 겁니다."

"괜찮네. 결계에서 벗어난 자네에게도 많이 피로할 시기 아니던가. 나는 신경 쓸 필요 없으니 그저 바람 따라, 구름 따라 그대가 원하는 길을 걷길 바라겠네. 이왕이면 이전처럼 큰 혼란을 초래하진 말게."

쿨리아의 고개가 더욱 밑으로 내려갔다.

엉뚱하게도 고르고는 잘 만하면 저 흡혈귀 여인네의 이마가 땅까지 닿겠다고 생각했다. 어색한 분위기를 타파할 정도로 제법 유쾌한 광경이 될 수 있을 것 같았다.

"천부당만부당하신 말씀이십니다. 대인을 두고 제가 어딜 가겠습니까? 어차피 고독 속에서 살아가야 했을 몸, 대인께서 구해 주셨으니 대인을 위해서 바치겠어요. 더군다나 전 대인을 농락하기까지 한 못된 년입니다."

"그럴 필요는 없네. 비록 자네가 자유를 향해 몸부림치며 날 끌어들였지만 지난 일을 책잡을 정도로 내 가슴이 좁은 이가 아니네. 자유가 눈앞에 있는데 내 밑으로 들어와 다시 쇠사슬에 묶일 필요는 없지 않겠나."

"삼색림에 묶였을 때는 제 의지가 아니었지만 지금은 제 의지입니다. 제 의지가 바라는 대로 행동하는 것이니 구속도 아니고 억압도 아닙니다. 대인을 끝까지 뫼시겠습니다. 소녀가 불쾌하다고 생각하신다면 어쩔 수 없는 일이지만요."

"그런 생각 가지지 말게. 자네가 불쾌했다면 이리 대화조차 나누지 않았을 걸세. 자네나, 나나, 내 동료들이나, 모두 평등하게 세상에 태어난 세계의 자식들이야. 부모 밑에 위아래는 있을지언정 귀천이 있어서는 아니 되네."

아무르는 깜짝 놀랐다.

그녀는 비록 냉정하고 이지적인 사람이었지만, 아무래도 요괴에 대해서는 편견을 가질 수밖에 없었는데, 바한의 말을 들으며 스스로가 조금 부끄러워지는 느낌이었다.

그러나 쿨리아가 닭똥 같은 눈물을 뚝뚝 흘리는 건 훨씬 더 놀라운 일이었다.

흡혈귀가 눈물을 흘린다.

요괴도 눈물을 아는 존재였던 것이다. 비단 그건 아무르만의 놀라움이 아니었는지 몰란덱과 고르고도 상당히 놀란 기색이었다.

쿨리아는 놀라우리만치 아름다운 손짓으로 눈물

을 찍어 없애고는 고개를 들었다.

눈물로 얼룩진 흡혈귀의 얼굴은 도무지 흡혈귀라고 떠올릴 수 없는 '인간적인' 감동과 감격이 가득했다.

"대인에게 구함을 받은 것은 제 인생 가장 큰 행운입니다. 부디 모시게 해 주세요."

바한은 그 강철 같은 얼굴에 약간의 난색을 표했다.

"지금 나는 이들을 도와주기 위해 거친 길을 걷는 중이야. 비록 일신의 능력이 뛰어나다고는 하나, 자네에게도 쉬운 일이 아닐 걸세. 자칫하면 죽음으로써 여정을 걷게 될 수도 있네. 그럼에도 자네는 날 따르겠다 하는가?"

"대인이 아니었다면 죽지도 살지도 못한 채 평생을 고독 속에서 지내야 했을 몸. 제 결심에는 변함이 없을 것입니다. 흡혈귀라도 은혜가 얼마나 중요한지는 압니다. 불쾌하다 생각하지 않으신다면 소녀를 천고의 죄인으로 만들지 말아 주세요."

바한은 살짝 한숨을 쉬었다.

"자네가 날 따르겠다면 내가 거절할 명분은 없네.

하지만 자네의 의견을 나에게만 강권하기도 힘든 상황. 하니 내 일행에게 의견을 구해도 괜찮겠지?"

"그저 기다릴 뿐입니다."

멍하니 둘의 대화를 듣던 세 사람은 이제야 현실로 돌아올 수 있었다.

몰란덱은 헛기침을 하며 턱을 쓰다듬고, 아무르 역시 어색한 얼굴이었다. 고르고는 침을 꼴깍 삼켰다.

바한은 그들에게 물었다.

"상황은 봐서 잘 알 것 같습니다. 내가 생각하기에 저 흡혈귀 친구는 우리에게 해가 될 일을 하진 않을 겁니다. 그렇다면 일행으로 넣어도 괜찮겠습니까?"

"허험, 허험."

몰란덱은 헛기침을 연발하며 할 말을 떠올리려고 애썼다.

하지만 마땅히 할 말이 없었다. 그는 일단 고르고와 아무르에게 순서를 맡겼다.

아무르가 입을 열었다.

"정말 당신과 함께 있으면 상식을 깨는 광경을

많이 보게 되네요. 저는 흡혈귀라는 요괴가 해롭고 악독하다고 알았지 이렇게 사람과 별 차이가 없는지는 몰랐어요."

"그렇습니까?"

"네. 지금까지 상황을 보니까 우리를 해치거나 하진 않을 것 같지만…… 솔직히 워낙 듣고 자란 게 많다 보니까 부담은 되네요. 그렇지만 전 찬성해요."

고르고가 자신을 뚱하니 쳐다보자 아무르는 어깨를 으쓱했다.

광한수림에 들어온 이후 그녀의 성격도 점차 변하는 모양이다.

"한(恨)이 서린 눈물은 거짓말을 못하는 법이거든요. 총교장님한테 전 그렇게 배웠어요."

"어째 철학자라고 자부하는 사람답지가 않은데요?"

"철학자가 제일 먼저 파야 하는 부문이 사람이에요."

고르고는 손가락으로 볼을 긁어 대며 말을 더듬었다.

"에…… 뭐 저는 딱히 할 말은 없습니다만. 바한

덕분에 사람의 고정관념이 얼마나 바보 같은 건지 알게 되는군요. 전 일단 바한을 믿습니다. 바한이 쿨리아라는 저…… 음, 흡혈귀 요괴 분을 믿는다면 저도 믿지 않을 이유가 없죠. 믿음이라는 게 그런 거잖아요? 몰란덱은 어떻습니까?"

몰란덱은 슬쩍 쿨리아를 쳐다보다가 시선을 하늘로 올렸다.

"큼, 난 내 도끼를 믿소. 산신 호랑이도 패대기치는데 뭐, 여리여리한 흡혈귀를 겁낼 이유는 없지."

고르고의 얼굴에 작은 미소가 돋아났다.

"일치를 본 것 같은데요?"

바한은 쿨리아에게 말했다.

"내 동료들이 덕이 많아 자네의 합류를 허락하는 것 같네. 비록 고된 여정이 될 테지만 이왕지사 이렇게 동료가 되었으니 앞으로 잘 부탁하겠네."

쿨리아는 냉큼 절을 올렸다.

"감사합니다. 대인의 앞길에 한 점의 방해가 되지 않도록 최대한의 노력을 다하겠습니다."

"그러세."

바한의 몸이 생각보다 회복이 더뎌서 일행은 보다 휴식을 취해야 했다.

쿨리아는 한 번 더 피의 섭취를 권장했으나, 바한은 거절했고, 결국 일행 전체가 이곳에서 쉬어야만했다.

하지만 불만을 가진 사람은 아무도 없었다. 그들 모두 심신으로 제법 지쳤기 때문이다.

몰란덱은 도끼를 들고 주위를 서성이며, 경비를 서다가 쿨리아 옆을 지날 때 한 마디 툭 던졌다.

"미안했소."

그러곤 재빨리 자리를 떠났다. 쿨리아는 작게 웃었다.

흡혈귀라곤 하지만 너무나도 아름다운 미소였다.

3막 4장

"무덤 속에 들어갈 때 자질구레한 것 필요 없다. 한 점 후회 없이 살아왔다고 자부하는 미소 한 자락이면 족하다. 그게 내가 정한 죽음이다."

—'희망의 성' 초대 성주 거륭

"존재의 소멸 앞에선 지난날의 추억 따위는 무의미하다."

—'현자성' 초대 성주 마비라

"법과 정의만이 사후 안식을 보장한다."

—'법정성' 초대 성주 을사포

"죽어 보지도 않은 것들이 말은 기가 막히게 잘하는군."

—'예일가' 가주 등극 시 알베르트 왈

엉성한 함정으로는 광한수림 내에 토끼 한 마리도 잡기 어려운 게 사실이지만, 신비한 마술사의 기지와 기술은 엉성한 함정을 빠져나올 수 없는 지옥의 함정으로 만드는 힘이 있었다.

어떤 원리인지 알 수 없었기에 달라무트는 마술사에 대해 찬탄을 터트리며 동시에 자신에게도 감탄했다.

억지를 써서라도 마술사를 데려온 건 역시 다행이었다.

만약 마술사가 없었다면 연군성 병력은 자신들

을 괴롭혀 온 괴수를 잡지 못했을 것이다.

그렇지만 달라무트는 곧 괴물을 보며 자신의 기분이 그렇게 좋을 수만은 없다고 생각했다.

드러난 괴물의 모습은, 도무지 사람의 상식을 아득히 떨쳐 내는 놀라운 모습으로 그를 기겁하게 만들었다.

대나무 창살이 몸을 뚫었음에도 비명은커녕 공포의 포효만을 더하는 무자비한 괴수는 그도 단 한 번 보지 못했던 거대한 무기를 가지고 있었다.

모습은 호랑이를 닮았지만, 털이 훨씬 짧고, 몸에 특유의 줄무늬도 없이 회색빛이었다.

고양이과 괴물이라면 응당 길어야 할 꼬리도 사람 팔뚝 길이보다 짧았다.

하지만 이 괴물은, 호랑이보다 하자가 많은 것들을 모조리 송곳니로 쏟아부은 지극히 괴수다운 괴수였다.

두껍고 긴 송곳니가 아래턱보다 밑으로 불쑥 나왔는데, 병사들이 사용하는 단검보다도 더 길었다.

눈동자는 파랗고 상체의 근육이 엄청나게 발달

한 녀석.

크기가 어지간한 호랑이에 필적할 만했는데 송곳니로 인해 호랑이보다 더욱더 공포스럽게 보였다.

모이라는 자신의 완성한 함정에 잡힌 괴수를 보며 벌벌 떨었다.

"스, 스밀로돈?"

"스밀로돈이라니? 마술사, 이 괴물을 아나?"

"나도 잘 몰라요. 하지만 역사책에서 한 번 본 적이 있어요. 호랑이도 아니고, 사자도 아닌 것이 송곳니가 사람 팔뚝보다 길다고요. 전에 북쪽 땅에 가 본 적이 있는데 거기서는 스밀로돈이라고 부르고, 아마 판주아 왕국의 서적에서는 검치호(劍齒虎)라고 부르는 모양이던데요?"

옆에서 공포에 질렸던 바즈라시가 아! 하는 소리를 질렀다.

"그렇군요! 성주님, 이 녀석은 마술사가 말한 검치호가 맞는 것 같습니다. 분명 제가 살던 곳에서는 이 공포의 생물을 스밀로돈이라고 했습니다. 거대한 코끼리를 쓰러트려 먹이로 삼았다고 하더군요. 어둠을 밝히는 극광과, 함께 샛노란 두 줄기 빛이 나타나면 무조건 피하라는 저희 지방의 옛말이 있습니다. 그렇지 않으면 온몸이 갈가리 찢겨 죽는다고 했습니다."

북쪽 땅끝이라 불리는 체즈라시아보다는 조금 남쪽에 위치해 있지만, 극심한 추위를 동반하며 살아왔던 바즈라시는 어릴 적 어머니가 들려주었던 무시무시한 괴수의 이야기를 기억해 냈다.

달라무트라고 다를 건 없었다. 연군성의 성주가 되기 위해서는 판주아 왕국의 역사에 대해서 통달해야 함이 마땅하다.

그는 역사상 인간이 만든 최대의 왕국이라는 판주아 왕국 초기 때에 북쪽 지방을 괴롭혔던 괴수들의 집단에 대해서 책을 통해 접한 바가 있었다.

"검치호! 맞다, 그런 이름이었어. 송곳니가 검처럼 생겼다고 해서 검치라고 하지. 하지만 검치호는 멸종했다고 들었는데?"

"맞습니다. 저희 지방에서도 거의 전설처럼 내려오는 괴수거든요. 스밀로돈이 정말로 있었다니……."

환상으로만 접한 이야기를 실제로 겪자 바즈라시는 공포와 환희를 동시에 느꼈다.

저 굵고 기다란 송곳니는 강철보다 단단해 보였다. 거목 같은 앞다리는 두텁게 갈라진 근육으로 꽉 차 보였다.

"하지만 스밀로돈의 몸체는 연한 노란색이라고 들었는데, 역시 구전으로 내려오는 이야기는 확실하지가 않군요."

"지금 그게 중요한 게 아니야!"

달라무트는 병력을 집결해 경비를 단단히 세우라고 일침을 가한 뒤 모아라를 치하했다.

그는 무려 오십 명에 이르는 엄청난 사상자를 낸 괴물에게 가래침을 몇 번이나 뱉어 주고는 대장급 군인들을 한곳으로 모아 앞으로의 일을 논의했다.

모아라는 가만히 함정에 빠진 스밀로돈을 보았다.

스밀로돈은 아직도 죽지 않았다.

자비가 있다면 차라리 숨통을 직접 끊어 주는 게 도리에 맞지만, 달라무트는 병사들의 죽음은 물론 자신의 심신을 지극히 피로하게 만든 몹쓸 괴물에게 편안한 죽음을 선사하고 싶지 않았다.

스밀로돈은 가끔 구슬픈 울음으로 고통을 토로했다.

모아라의 눈에서 한 줄기 눈물이 흘렀다.

“미안해, 하지만 어쩔 수 없었어. 나도 이곳이 정말로 싫어. 그렇지만 사람들을 더 다치게 할 수도 없잖니? 부디 날 용서해 줘.”

목 울리는 소리를 내던 스밀로돈의 푸른 눈동자가 모아라의 눈에 닿았다.

비록 상상일지 모르지만 모아라는 괴수의 눈동자가 자신에게 말을 거는 듯했다.

‘괜찮아. 난 널 이해해.’

그녀는 고개를 떨구었다.

하지만 그녀는 슬픔 속에서도 어떤 기이한 생각에 사로잡혀 고개를 번쩍 들었다.

모아라는 스밀로돈의 몸을 자세히 쳐다보았다.

분명 어지간한 호랑이에 필적할 정도로 큰 몸체. 위장도 굉장히 클 것이다.

사람의 위장과 맹수의 위장을 동급으로 보는 건

옳지 않다.

그렇지만, 그럼에도 불구하고 그녀는 뭔가 도리에 맞지 않다는 느낌을 받았다.

사람 한 명을 통째로 잡아먹는다? 그럴 수도 있다.

맹수들이란 사냥을 할 때 차후 사냥까지 버티기 위해 수십 키로의 고기를 섭취한다고도 들었다.

그러나 하루가 멀다 하고 네다섯 명씩 잡아먹지는 못할 것이다. 배가 부르니 그럴 이유도 없다.

이치에 맞지 않다.

만약 실제로 그렇게 사냥을 해서까지 사람 고기를 뜯어먹었다면 지금쯤 몸이 터지지 않았다 하더라도 배가 산더미처럼 불러야 정상 아닐까?

모아라의 안색이 창백해졌다.

한 마리의 스밀로돈이 열흘 만에 오십여 명의 사상자를 내고, 더하여 먹어서 몽땅 소화를 시켰다는 가공할 상상력보다는…… 여러 마리의 스밀로돈이 돌아가면서 포식을 했다는 추리가 훨씬 타당하지 않을까?

"모두 조심해요!"

날카롭게 숲을 울리는 모아라의 목소리는 공포와 경악을 담고 있었다.

달라무트는 드디어 우리의 마술사가 적극적으로 변한 바에 대해 흐뭇함을 느끼면서 동시에 미친 건 아닌지 심각하게 고찰해 봐야 할 필요성을 느꼈다.

그렇지 않으면 엄숙하기 짝이 없는 군사 회의를 깨 버릴 정도로 개념이 없다는 뜻이 될 테니까.

그는 이 기회에 모아라를 확실하게 꺾어야겠다고 생각했다.

하지만 그런 그의 다짐은 오래 가지 못했다.

이제는 은신이 필요 없다고 생각해서일까?

공포스러운 목울음으로 심기가 불편함을 알리는 괴수 어르신들이 사방에서 걸어 나오고 있었다.

하나 같이 회색빛 몸체에 새파란 눈동자를 빛내는 그들은, 몇 마리의 표범과 몇 마리의 스밀로돈으로 무장한, 숫자는 적어도, 도무지 작은 규모의 맹수 무리라고 생각할 수 없을 만큼의 위압감을 풍기고 있었다.

스밀로돈도, 표범도 회색이었다.

눈동자는 하나 같이 시퍼렇게 빛난다.

연군성의 병사들은 사방을 점유한 맹수들의 모습에 비명조차 지르지 못하는 스스로를 꾸짖고 싶어 했다.

그제야 모아라는 깨달았다.

그리고 달라무트를 원망스럽게 쳐다보았다.

함정에 빠진 스밀로돈을 어서 빨리 죽이지 않은 달라무트의 무지는 결국 이렇게까지 이어지는 것이다. 연신 고통에 몸부림치던 스밀로돈은 구슬프게 울어 대며 동료들을 끌어모았던 것이다.

동포의 처참을 모습을 본 맹수의 군단은, 그들의 몸에 새겨진 반(反) 이치의 본능을 외면으로 드러낸 채 '복수' 를 다짐하고 있었다.

"이, 이런!"

족히 스무 마리는 되어 보이는 엄청난 수의 맹수들.

하나 같이 건장한 모습으로 콧잔등을 찡그리며 송곳니를 한껏 드러냈다.

과거에 멸종했다고 알려진 괴수, 그것도 공포의

송곳니로 무장한 괴수의 살기를 받게 된 연군성 병사들은 단체로 바지에 오줌을 지리는 놀라운 위업을 달성했다.

모아라는 그 자리에서 풀썩 주저앉았다. 이 맹수들 앞에서는 손재주에 불과한 그녀의 마술이 통하지 않을 것이다.

하지만 그들의 불행은 거기서 끝이 아니었다.

후방에서 옥죄어 오던 몇 마리의 표범이 갑자기 양옆으로 달아나 좌우, 전방의 스밀로돈 군단과 합류했다.

공격할 의사가 아닌 도망쳤다는 표현이 맞을 정도로 느닷없는 도약이었다.

그리고 길이 비었던 후방에는 광한수림 전체를 뒤집어엎을 만한 포효를 한 최악의 신화가 다가오고 있었다.

체고(體高)가 2미터를 넘어 거의 3미터에 달할 법한 몸집.

연한 털색은 세상을 밝히는 위엄이었고, 한 발자국씩 내디딜 때마다 나는 소리는 대지를 진동케 했다.

모아라는 이 상황에서도 졸도하지 않은 자신의

정신력을 칭찬해야 할지 저주해야 할지 알 수가 없었다.

초월적인 거대 호랑이가 그들에게 다가서고 있었다.

‡ ‡ ‡

일행의 생각보다 바한의 몸은 회복이 느렸다.

강건한 체력을 생각하자면 반나절도 되지 않아 자리를 털고 일어나야 정상이건만, 그는 이틀이 지나도록 마음껏 몸을 놀릴 수 없었다.

천천히 걸었지만, 그럼에도 그의 온몸에는 땀이 비 오듯 쏟아졌다.

결국 바한은 몰란덱에게 부탁을 했다.

"미안하지만 날 업을 수 있는 사람이 당신밖에 없군요. 수고스럽겠지만 목적지를 위해서는 어쩔 수 없습니다."

몰란덱은 손을 휘휘 저었다.

"걱정하지 마시오. 있는 게 힘밖에 없는 놈 아니오. 당신 정도야 그냥 조금 무거운 봇짐 드는 수준밖에 되질 않소. 한 톨에 미안함도 느낄 필요가 없다 이 말이지."

자부심 높은 전사다운 말이었다. 바한이 몰란덱의 등에 엎히려고 할 때였다.

쿨리아가 몰란덱의 손목을 잡았다.

"내가 할게."

"뭐라?"

"당신은 등에 도끼를 걸었잖아. 업혀도 대인께서는 불편해하실 거야. 내가 업는 게 훨씬 나아. 게다가……."

바한의 모호한 눈을 보는 쿨리아의 표정이 살짝 어두워졌다.

그녀는 입술을 깨물며 바한의 앞에서 등을 보였다.

"나 때문에 이렇게 되신 거야. 내가 책임지는 게 옳아. 대인은 끝까지 내가 책임져야 해."

몰란덱은 뜻밖이라는 듯 쿨리아와 바한을 홱홱 돌아보다가 말했다.

"아니, 갸륵한 마음은 알겠소만. 아무리 당신이 흡혈귀라고는 해도 힘들지 않겠소? 바한의 몸을 보시오. 좀 호리호리해 보이긴 해도 전부다 근육이라 여자가 업기에는 상당한 무리가 요구될 거요."

쿨리아는 다시 일어서더니 고르고에게 다가갔다.

쿨리아의 황당한 제안에 다소 얼이 빠졌던 고르고는 흠칫 놀랐지만 굳이 피하진 않았다. 그리고 엄청나게 놀라야 했다.

양손을 고르고의 겨드랑이에 넣은 쿨리아가 너무나 쉽게 그를 들어 버린 것이다.

왜소한 여인의 체격으로는 상상도 못할 힘이었다.

계속 허공으로 고르고의 정신을 황폐하게 한 쿨리아의 얼굴에는 한 점의 힘겨움도 보이지 않았다.

"힘은 당신보다 좀 떨어질지 모르겠지만 명색이 흡혈귀야. 평범한 사람과 비교할 수 없지."

괴력이라 할 만했다.

고르고는 사람이 허공을 날 수도 있다는 상상에

빠져 양팔을 퍼덕이기 전, 쿨리아는 그를 내려놓고 바한에게 다가갔다.

바한의 표정은 여전히 딱딱하니 변함이 없었다.

"대인. 제 등에 업히시지요."

"체력이 다 회복되었는가?"

"덕분에 괜찮아요. 설령 일어서기 힘들 만큼 지쳐도, 대인을 다른 사람의 등에 맡길 수 없습니다. 제가 대인을 모시겠습니다. 게다가 그 창……."

쿨리아의 손가락이 바한이 든 창에 닿았다.

"몰란덱이 아무리 대단한 전사라지만 그걸 들 수 없을 겁니다. 위험한 물건이에요. 요괴인 저에게는 큰 피해가 없을 거라고 확신합니다."

바한은 쿨리아의 말이 이치에 합당하다고 생각했다.

아무리 불합리의 사생아라 할지라도 용골과 귀혈정으로 제련된 공포의 무구를 들게 할 수 없다. 들게 되는 순간 가장 끔찍하게 죽게 될 것이다.

그러나 흡혈귀인 쿨리아에게는 피해가 극히 적거나 아예 없을 수도 있다.

그는 이내 고개를 끄덕였다.
"알겠네. 부탁하지."
"꽉 잡으세요, 대인."
아무르와 비슷할 정도로 큰 키라지만, 그래도 남성보다 한참이나 왜소한 모습의 쿨리아가 그녀보다 머리통 하나는 더 크고 탄탄한 바한을 업는 모습은 상당히 희극적이었다.
그러나 그걸 보고 웃는 사람은 아무도 없었다.
쿨리아의 두 눈은 책임감으로 빛났고, 바한 역시 웃지 않았다.
"미안하게 됐군. 힘들면 말하게."
"대인, 제발 그런 말씀은 마세요. 설령 이 몸이 찢어지는 한이 있어도 대인을 놓지 않을 겁니다."
군인이 주군에게 충성하는 경우는 많다.
충성으로 얼룩진 그들의 관계는, 역사에서 찾아볼 때 많은 감동을 받게 된다.
위협으로부터 주군을 지키기 위해 한 몸 불사르는 그들은 온갖 경의로 신격화된다.
몰란덱은 수많은 역사 속의 진정한 충신들의 모습을 흡혈귀에게서 보았다는 것에 대해 굉장히 묘한 기분이 들었다.

비록 요괴라지만 서로를 불신하고 위협하는, 어리석고 고약한 사람보다 백배는 낫다.

그는 도끼를 들고 선두에서 일행을 이끌었다.

"미안하네."

쿨리아의 등에 업히면서 바한은 문득 깨달았다.

몸이 이 지경이 되고나서 그는 일행에게 미안하다는 소리를 많이 했다.

진짜로 미안했기 때문이며, 그것을 표현하는 것이 예의였다.

바한은 쿨리아의 머리카락에 얼굴을 묻으며 슬쩍 미소 지었다. 하나씩, 하나씩 그는 꽁꽁 얼었던 내부의 무언가가 깨지는 환희를 느꼈다.

편안하게 업힌 바한은 금세 곯아떨어졌다.

고르고는 천천히 쿨리아의 옆에 다가와 바한의 등을 어루만졌다.

"피곤했던 모양이군요."

그동안 바한에게 약간의 거리감이 있던 아무르도 걱정스러운 눈빛으로 잠에 빠져든 그를 바라보았다.

"우리 때문에 고생을 많이 했으니까요."

"그렇죠. 정말 이런 사람도 없을 겁니다. 처음 만난 사람들인데도 목숨을 걸다니."

그때 뒤에서 약간 퉁명스러운 목소리가 들려왔다.

"여자에게 업히다니, 저 사람은 밸도 없는 모양이군."

아무르의 눈썹이 짜증으로 일그러졌다.

그녀는 현자성에서 성질 사납기로는 둘째가라면 서러운 사람이었다.

비록 광한수림으로 들어와 많은 일을 겪으면서 다소 누그러졌다지만, 그렇다고 본성마저 없어지는 건 아니었다.

"입 닥쳐요. 꿰매 버리기 전에."

"맞잖소? 남자가 돼서 그게 할 짓이오? 외적을 지키고 보호하는 게 남자의 일이고 여자란 그저 집에서 살림……."

아마 화살보다도 빨랐을 거라고 후에 고르고는 증언했다.

선두에서 날아온 작은 크기의 돌멩이는, 몰란덱

의 입장에서만 돌멩이였지, 평범한 사람에게는 발보다 큰 짱돌이었다.

그 말도 안 되는 크기의 돌멩이가 바람까지 찢어발기며 가빌라의 명치에 작렬했다.

"커헉!"

십 년 이상 단련한 군인이 내지르는 주먹질과 비슷한 파괴력이라고 볼 수 있겠다.

하지만 부서지지 않는 짱돌이라서 체감 파괴력과 통증은 급상승했다.

가빌라는 숨도 안 쉬어지는 가슴을 때리며 바닥을 데굴데굴 굴렀다.

몰란덱이 흉신악살 같은 표정으로 가빌라를 쏘아보았다. 가히 호랑이의 눈에 필적할 만했다. 고통 속에서도 무자비한 살기에 가빌라는 벌벌 떨었다.

"머리가 여물지 않은 애송이의 말을 참아 주는 것도 한계가 있다. 한 번만 더 신경 건드리면 한 시간 동안 죽지도 못한 채 다진 고기가 되는 네 몸을 바라보게 될 거다. 알겠나?"

"쿨록! 캬아악!"

얼마나 살기가 거셌는지 아무르와 고르고는 입도 벙끗할 수 없었다.

쿨리아조차 팔뚝에 오소소 돋아나는 소름을 보며 고개를 저었다.

'괴물이군.'

바람 소리가 날 정도로 홱 돌아 선두에 서는 몰란덱을 보며 아무르는 그가 왜 이렇게 화났는지 깨달았다.

세계 최강의 단일 무력을 자랑하는 몰란덱은, 그 절대적인 무력만큼이나 자부심이 넘치는 전사였다.

하지만 광한수림에 들어와 바한에게 구함을 받았고, 심지어 동료의 도움으로 무수한 죽을 고비를 넘겼다.

자존심이 상하는 일이었지만, 그는 자존심이 상해도 그것을 표하지 않고, 되레 몇 번의 사선을 넘나들며 신세계를 보여 준 바한을 실로 사귈 만한 사람이라 생각하며 친구라 여겼다.

친구의 도움을 받았다면, 그건 자존심이 상하는 것이 아니라 감동받을 일이 분명하며 이제는 자신이 그를 지켜 줄 차례라고 지혜로운 전사는 스스로를 다독였다.

그런 친구에게 무례한 사람을, 위대한 전사는 용서하지 않을 것이다.

게다가 이제 실질적으로 일행을 이끌게 된 그의 부담감은 다른 사람보다 더 묵직할 것이 분명했다.

아무르의 생각은 정확했다.

몰란덱은 턱이 부서져라 입을 꾹 다물었다.

'임무를 완성하는 것이 우선이지만, 그렇다고 바한에게 무슨 일이 일어나게 해서는 안 된다. 바한이 일어나기 전까지 일행을 확실하게 보호해야만 돼.'

육체적인 능력이라고 친다면 바한보다 몰란덱이 훨씬 우위에 있었다.

그러나 그는 그것만으로 일행을 지킬 수 있으리라고는 생각하지 않았다.

바한의 번뜩이는 지기와 눈치, 순간적인 판단력은 발군이었으며, 지식도 풍부하여 한 차례도 그들의 기대를 배신하지 않았다.

그는 처음 만난 사람에게 친절했고, 자신의 목숨보다 남을 위했으며, 이제는 일행의 중심이 되어 버린 믿음직한 사령관이었다.

그건 비단 몰란덱만이 느끼는 것이 아니었다.

아무르도 고르고도 기이한 사건을 겪어 가며 바한을 진정한 사령관이라고 생각했다.

그가 없었으면 불로불사의 비법을 파괴하는 일은 요원했을 것이다. 물론 바한으로서는 그들이 어떻게 생각하든 상관이 없었지만.

'바한, 푹 쉬시오. 이제 내가 당신을 보호하겠소.'

가빌라는 연신 끙끙대며 천천히 일어났다.

체력 하나는 제법 대단한 모양이다.

그는 컥컥 신음을 내면서도 재빠르게 일행의 뒤를 좇았다. 이곳에서 혼자 남을 수는 없다.

처음 가빌라가 눈을 떴을 때 그는 자신이 왜 기절했는지 의아할 틈조차 없었다.

눈을 뜨자마자 살기의 젖은 눈으로 으르렁대는 회색 늑대가 정면에서 자신을 노려보고 있다면 누구라도 혼비백산하기 마련.

그는 주먹질을 할 생각도 못한 채 비명을 지르며 뒤로 기어갔다.

누운 채로 기어가는 그의 모습을 보며 고르고는 나직이 감탄했다. 벌레도 저렇게 기술적으로는 못 기어 다닐 것이다.

그는 자신을 산신성의 후계자라고 설명하고, 왜 이곳에 왔는지 숨긴 채 그들의 일행에 넣어 달라고 부탁했다.

그러나 눈치가 백 단인 아무르 앞에서 가빌라의 속셈은 여지없이 들통 나고야 말았다. 몇 번의 대화를 통해 불로불사를 노리고 들어온 인물이라는 것이 밝혀지자 일행은 뒤도 안 돌아보고 가빌라를 무시했다.

그들 입장에서는 압도적인 방해가 될 가능성이 농후한 가빌라를 그 자리에서 묻어 버리지 않은 것도 힘을 가진 자의 선처라고 할 수 있었다.

그러나 가빌라는 끈질겼다.

불로불사도 살아야 취할 수 있는 것이다. 그는 욕심을 버릴 테니 무조건 함께해 달라 부탁했고, 차후 이곳에서 나간다면 은혜에 보답을 하겠노라 자신했다.

일행은 갑작스러운 사태에 고민했다.

목적 자체가 달랐다. 한 번 욕심을 부린 사람이 그걸 단박에 포기한다는 건 광신자가 너그럽다는 말만큼이나 신빙성이 떨어지는 일이었다.

그들은 결국 이럴 바에야 가빌라를 꽁꽁 묶어서 데리고 다니는 게 어떻겠냐는 의견을 내었다.

광한수림까지 들어와서 벌벌대는 사람을 죽일 수는 없는 일이고, 더군다나 이렇게 사정하는 사람의 부탁을 무시하기도 어려웠다.

바한은 간단한 의견으로 문제를 해결했다.

"방해가 되고 안 되고는 미래의 일이니 우리가 판단하기 어렵습니다. 다만 목적지로 가는 도중에 도움을 청하는 사람을 보았음에도 무시하는 건 예의에 어긋나는 행동입니다. 혹시라도 문제가 될 시 나나, 쿨리아, 몰란덱이 제제를 가할 능력이 됩니다. 문제를 일으킨다면 그때 처리해도 될 것입니다."

예의를 논하면서도 '처리' 하겠다는 말을 살벌하게 해 대는 바한을 보며 아무르는 소름이 돋는 걸 느꼈다.

이성의 논리는 맞지만 감정의 논리는 맞지 않는 말이었다.

결국 가빌라는 일행을 따라 목적지까지 갈 수 있었다.

그리고 그는 그나마 말이 통하는 고르고와 이런 저런 대화를 주고받으면서 불로불사의 비법을 파괴한다는 이야기까지 들을 수 있었다.

당연하게도 그는 믿지 않았다.

불로불사의 비법이 나타났다는 것만으로도 상식적이지 않은 사건임에 분명하지만, 그로 인해 인간이 멸망할 수 있다는 말은 상식에 상식을 곱해도 말이 안 되는 일이었기 때문이다. 그는 일행의 목적 역시 불로불사의 탈취라고 믿었다.

대화를 나누면서 가빌라를 길가에 싸질러 놓은 개똥으로나 본 몰란덱은 그의 사상도 악취가 난다고 생각했다.

가빌라는 쿨리아와 아무르를 보며 그들이 자신의 의견을 피력하고, 오히려 남자들을 쩔쩔 매게 하는 모습에 기가 차다는 듯 혀를 찼다.

처음 그녀들을 봤을 때 그는 기가 막힌 미녀들을 남자들의 성노예 정도로 생각했었고, 몇 달째 욕구 불만인 자신의 욕구도 혹시 풀 수 있지 않을까 기대했었다.

그런데 도리어 세계 최강의 전사인 몰란덱조차 아무르와 이런저런 사항을 검토하며 함께 지휘를 하지 않는가.

산신성의 전신, 기마 민족의 후예로서 그는 이런 상황을 절대로 묵과하지 못했다.

여자들이 남자에게 순종하지 않고 오히려 면박을 주는 언행을 참을 수 없었다.

아무르와 쿨리아에게 온갖 모욕적인 언사를 연발하던 가빌라는 몰란덱에게 딱 죽지 않을 만큼 맞았다.

주먹이 어지간한 여성 상체만큼이나 큰 몰란덱의 주먹은 한 방만 맞아도 온몸이 터지는 충격을 주기에 아주 적합했다.

거의 반 시간 동안 폭력으로 정신을 개조시킨 몰란덱은 한 번만 더 일행에게 무례를 범한다면 조막만 한 머리를 살며시 쥐어 주겠다고 일침을 놓았고, 가빌라는 살기 위해서라도 고개를 수백 번 끄덕여야 했다.

몰란덱의 불편한 심사를 그대로 반영한 주먹은 지옥을 떠올리게 만들기 충분했다.

그러나 삼십 년 동안 받아 왔던 주입식 교육을 뿌리 채 근절시키기에는 몰란덱의 주먹으로도 벅찬 것이었다.

그는 자기도 모르게 한 번씩 나오는 말투를 감추기 어려워했고, 그때마다 몰란덱에게 몹시 두들겨 맞아야 했다.

몰란덱은 여인이라는 이유로 존중을 하지 못하는 가빌라를 말로 교화시킬 생각 자체를 가지고 있지 않았다. 그의 경험상 이런 머리 굳은 놈들은 매가 약이었다.

결국 불편하디 불편한 관계가 된 일행과 가빌라의 관계는, 사실상 가빌라에게만 불리하게 작용되었다.

사람 두 명만 있어도 한 명을 매장시킬 수 있는데, 이쪽은 무려 다섯 명.

더군다나 그 다섯 명에는 세계 최강의 전사라는

몰란덱과, 몰란덱도 감탄한 무력의 소유자 바한, 천 년에 가까운 시간을 영위한 요괴 흡혈귀가 두 눈을 멀뚱히 뜨고 있다.

뿐만 아니라 공포로 무장한 늑대까지 끼어 있었다.

쪽수로도 무력으로도 심지어는 논쟁으로도 아예 상대가 되질 않는 것이다.

그는 허리를 반쯤이나 숙이면서도 일행의 뒤를 따랐다.

영광스러운 산신성의 후계자라는 직함은 이미 저 멀리 내다 버린 지 오래였다. 몰란덱 앞에서는 세속의 직함이나 위치가 먹히질 않았다.

그렇게 한 명에게만 불편하고, 어색한 행군은 며칠 동안 계속되었다.

바한은 마치 죽은 것처럼 잤다.

삼 일이 넘도록 깰 기미를 보이지 않았지만, 쿨리아는 그가 체력을 빠르게 회복시키기 위해 강제로 수면을 청했다는 걸 알았다.

숲의 저주이자, 축복을 받은 바한은 이곳에서 거의 불사나 마찬가지였다.

평범한 사람이 흡혈귀에게 정기를 흡수당하면 이미 옛날에 말라 비틀어 거죽만 남기고 죽었을 게 분명했다. 사람의 몸을 가진 채 이 정도 피해만 입은 것 자체가 대단한 것이다.

이전보다 다소 야윈 모습의 바한이 눈을 뜬 것은 그가 정신을 잃은 지 나흘째 되던 날 밤이었다.

어두운 숲은 달빛조차 들어오지 않았고, 어둠에 적응된 눈으로도 사물을 파악하기가 힘들었다.

유독 빛이 나는 회색 늑대의 두 눈만이 어둠을 밝혀 주는 유일한 빛이었지만, 그것도 달빛에 비할 바는 되지 못했다.

"대인! 일어나셨나요?"

"음."

그는 눈을 몇 번 깜빡이며 주위를 둘러보았다.

수많은 나무가 어지럽게 늘어서 작은 공터를 만든 곳이었다.

나무와 나무 사이가 최대한 좁은 길목인지라 누구에게 습격받을 일은 없을 것 같았다.

바한은 자신의 생각보다 자리를 훨씬 더 잘 잡은

일행에게 감탄했다.

몰란덱은 그의 옆에 앉으며 물었다.

"몸은 좀 어떻소. 하도 자기에 난 저승에라도 갔다가 오는 줄 알았소."

"괜찮습니다. 잠을 좀 잤더니 훨씬 낫습니다. 처음과 같진 않겠지만, 한바탕 창을 휘둘러야 활기가 날 것 같습니다."

반가운 말이었다. 몰란덱은 씨익 웃으며 주먹을 쥐었다.

"당신 목소리에 힘이 넘치니 왠지 기분이 좋군. 이럴 때면 광신자 몇 마리 나타나 줬으면 하는 바람이야. 몇 마리 잡는지 내기라도 하고 싶군."

"끔찍한 소리 하지 말아요."

아무르의 핀잔에 몰란덱은 머쓱해졌다.

고르고는 품에서 댕갈송이의 뿌리를 꺼냈다.

"자는 동안 혹시 몰라서 눕힌 채로 즙을 좀 먹였어요. 공복일 때 먹는 건 별로 안 좋겠지만, 말린 고기보단 훨씬 나을 겁니다. 깨끗이 씻었으니 괜찮을 거예요."

"고맙습니다."

아작아작 씹어 먹는 소리가 주변을 맴돌았다.

비록 잘 보이진 않았지만 일행은 전부 바한의 식사하는 모습을 보았다.

여전히 멋대가리 없는 얼굴로 오독오독 씹어 먹는 그의 모습은 확실히 처음 만났을 때 그를 상기시키는 것이었다.

바한은 고개를 살짝 갸웃거렸다.

"혹시 내 얼굴에 뭐라도 묻은 겁니까?"

편안함과 자신감, 흔들리지 않는 바한만의 묘함이 묻어 있었다.

서서히 감정을 되찾아가는 바한은 비록 여전히 무표정이었지만, 어쩐지 역동적인 모습을 보여 주고 있었다.

아무르는 피식 웃으며 답했다.

"네, 묻었네요."

손으로 얼굴을 몇 번 만진 바한은 이것이 '농담' 이라고 생각했다.

자신에게 단체로 농담을 거는 일은 굉장히 오랜만이라고 생각하며 그는 조용히 뿌리를 씹어 댔다.

"내가 얼마 만에 일어난 겁니까?"

"나흘 정도 되었소."

"길대로 걸어왔군요. 이렇게 빽빽한 밀림이라면 목적지에 많이 다가섰다는 증거입니다. 그동안 피해는 없었습니까? 아직 광신자의 영역인 것 같지는 않지만, 칼표범은 무시하기 힘들었을 텐데."

"새끼 몇 마리가 배가 고팠는지 단체로 덤비던 사건이 있었소. 물론 도끼질 몇 방에 쫓을 수 있었지."

"그렇습니까?"

새끼 칼표범이 아니라 성체 칼표범 서너 마리가 달려들어도 몰란덱을 넘어서기 힘들 거라고 바한은 확신했다.

그러나 그건 혼자일 때 이야기이며, 일행을 보호하려면 훨씬 어려울 것이다.

그간 몰란덱의 노고가 상당했음을 바한을 눈치챘다.

아무르나 고르고도 마찬가지였으리라. 그를 업었던 쿨리아는 말할 것도 없었다.

"그동안 고생들 하셨습니다. 이제는 제가 다시 선두에 서겠습니다. 내일 아침, 동이 터오를 때쯤에 출발하도록 하겠습니다. 푹 쉽시다."

"알겠습니다."

일행은 각기 나무에 등을 대었다.

한숨을 내쉬지만 그 의미부터가 달랐다. 광한수림을 제 집처럼 꿰뚫는 바한이 깨어난 것만으로도 그들의 부담은 확연하게 줄어들었다.

"쿨리아."

"부르셨나요, 대인?"

"내 옆으로 오게."

쿨리아는 거의 번개와 비견이 될 정도로 엄청난 속도를 발휘하여 바한의 옆으로 와 앉았다.

그녀의 움직임 때문에 바람이 사방으로 휘날려 일행은 깜짝 놀랐다.

"시키실 일이라도 있으신지요?"

"그러하네."

"어떤 일이십니까? 하명하시어요."

바한은 그저 조용히 팔을 내밀었다.

쿨리아는 살짝 어리둥절한 얼굴이었다가 순간

뻣뻣하게 몸이 굳었다.

"대, 대인! 설마?"

"어서 내 피를 마시게."

"어찌 그런 말씀을……."

"나흘이라면 자네에게도 힘들었던 시간이었을 거야. 나까지 업었으니 아무리 흡혈귀라도 체력이 소진되었을 테지. 더군다나 자네가 요괴라 한들 내 창을 들었다면 심신으로 굉장히 지쳤을 게 자명하네. 아무렇지 않은 얼굴을 하고 있지만, 이미 자네의 입술이 파랗게 질렸잖은가?"

쿨리아는 어둠 속을 꿰뚫어 보는 바한의 눈동자를 보며 고개를 푹 숙였다.

범상치 않은 사람이라는 것 정도야 진즉에 알았지만, 이 확연한 어둠에서도 자신의 안색을 살필 정도의 기량을 가진 신비한 사람이라는 걸 몰랐다.

"괜찮습니다, 대인. 제가 어찌 또 대인께 피해를 끼치겠습니까. 제가 자유를 얻은 것만으로도 감당 못할 은혜를 입은 것입니다. 부디 제 마음을 알아 주세요."

"자네 마음은 잘 알겠네. 그래도 마시게."

"대인!"

"자네는 나를 따르겠다, 하지 않았는가? 산신 호랑이나 무지개 사자 정도의 신성(神性)을 띄지 않는 이상 짐승의 피는 자네에게 부족하지 않은가. 그렇다고 늑대 친구의 피를 빨라고 할 수도 없는 일이니…… 내 피가 적격일 거야."

"대인…… 소녀를 어찌 자꾸 죄인으로 만드십니까?"

고르고는 어둠 속이지만 바한의 눈이 조금 자애롭다는 느낌에 놀랐다.

무감각하기가 광물에 비견할 정도로 심각한 바한의 눈이 아니었다.

'바한은 시간이 지날수록 점점 사람다워지는구나.'

숲에서 혼자만 지내서 그런 걸까? 고르고는 조금은 흐뭇했다.

그러나 그가 흐뭇하건 말건 바한과 쿨리아의 대화는 여전히 계속되었다.

"하면 어쩔 텐가? 계속 흡혈도 하지 못한 채로

날 따라다닌다면, 언젠가 기력이 쇄하여 큰 낭패를 당할 터인데. 날 도와준다면서 그런 모습을 보이고 싶은가? 이성을 잃은 흡혈귀가 어떤 행동을 하는지, 자네도 잘 알지 않은가?"

"그것은……."

"마시게. 비록 주종의 관계는 아니지만, 자네는 나를 위해서 일신의 자유를 억압했어. 자네가 원한 일이었다 하더라도 고난의 길임은 말할 나위가 없네. 그렇다면 나 또한 응당 그에 대한 책임을 져야겠지. 앞으로도 종종 내 피를 마시게나."

감정이 별로 들어가지 않은 말이기에 되레 설득력과 자비로움이 가득한 바한만의 말투는 항상 진가를 발휘했다.

쿨리아는 송구하기 짝이 없다는 표정으로 무릎으로 걸어가 바한의 팔을 잡았다.

팔뚝에 잡힌 가느다란 손가락이 참 차갑구나 하는 생각을 하며 바한은 눈을 감았다.

약간 주저하는 쿨리아가 입을 벌릴 때였다.

"잠깐."

동굴에서 왱왱 거리는 목소리도 이보다는 묵직

하지 않을 것이다.

목소리의 근원지가 몰란덱의 입이라는 건 두말하면 잔소리였다. 몰란덱은 그 엄청난 덩치를 세운 채로 바한의 옆까지 도달했다.

“그러고 보니 여행간 쿨리아 당신을 미처 생각하지 않았소. 일단 그건 미안하게 생각하오.”

쿨리아는 바한을 대할 때와는 정반대로 서슴없이 말했다.

“괜찮아.”

“하지만 지금 바한은 일어난 지 얼마 되지도 않았고, 앞으로도 체력을 회복해야 할 시간이 필요하오. 흡혈을 하려면 아무래도 체력이 쇄한 바한보다 내 피가 더 신선할 거요. 이리 와서 내 피나 빨아재끼시구려.”

호쾌하다는 측면에서 볼 때 몰란덱의 말은 실로 감탄할 만했다.

그렇지만 내용만 보자면 마냥 감탄만 하기에는 무리가 있었다. 설마 이런 말을 할 줄은 몰랐는지 쿨리아도 눈을 동그랗게 떴고, 바한 역시 조금 놀란 듯 몰란덱의 얼굴을 쳐다보았다.

몰란덱은 어깨를 으쓱했다.

"내 몸은 워낙 강철인지라 피 조금 빨린다고 어지럽거나 하진 않을 거요. 그 산적 놈들 때려죽일 때도 멀쩡했는데 뭐. 그렇지 않소?"

틀린 말은 아니다.

몰란덱은 이십 년 이상 세상을 방랑하면서 무수한 전설을 만든 전적이 있는데, 그중 가장 유명한 일화가 삼백 명이나 되던 악독한 산적 집단을 홀로 몰살시킨 경악의 일화였다. 더군다나 그 삼백의 산적 집단은 개개인이 잘 훈련이 된 병사보다도 역량이 좋아, 법정성에서도 골치를 앓았던 최악의 무법단체 중 하나였다.

그때 몰란덱은 삼백의 산적들을 도끼로 죄다 토막을 내 죽이면서 많은 수의 화살을 맞고, 베이기도 많이 베였다고 한다.

평범한 사람이라면 열 번은 죽었어도 마땅할 상처를 입었지만, 자체 치료를 한 뒤에 푹 자고 일어나 아무렇지도 않은 얼굴로 성으로 복귀했던 일은, 이미 전설 중에 전설이 되어 버렸다. 고르고는 몰란덱의 전설을 떠올리며 그의 말을 완전히 믿을 수 있었다.

그러나 바한은 고개를 저었다.

"당신의 체력을 믿지 못하는 바도 아니고, 당신의 피가 신선하지 않다는 모욕을 하는 것도 아닙니다. 그렇지만 당신의 피는 안 됩니다."

"어? 왜 그렇소? 이쪽 비리비리한 학자 양반들 피를 빠는 것보다야 훨씬 낫지 않겠소?"

"그런 문제가 아닙니다. 당신은……."

바한은 말을 이을 수 없었다.

이것은 극소수의 사람들만이 아는, 이제는 아는 사람이 세계에서 자신 하나밖에 없을 거라는 확신이 드는 비밀이었다.

몰란덱에게 언젠가 알려 줄 거라고 생각은 했지만, 이렇게 많은 사람들 앞에서 할 말은 아니었다.

그는 몰란덱을 쳐다보다가 한숨을 쉬었다.

바한이 한숨을 쉬는 걸 몰란덱은 처음 보았다.

"후에 설명을 해도 되겠습니까? 지금은 일단 쿨리아가 내 피를 취하는 게 합당하다고 판단합니다."

바한이 이유를 설명하지 않았던 적 역시 처음이

었다.

아무르는 바한의 눈에서 한순간의 갈등을 잡아낼 수 있었지만, 그에 대해 따지진 않았다.

그것은 자존심이 강하던 그녀조차 허물어트린, 그간 행해 왔던 바한의 솔직함과 믿음 덕분이었다.

몰란덱도 아무르와 같은 심정인지 이내 고개를 끄덕였다.

"알겠소. 그럼 그렇게 하겠소. 하지만 괜찮겠소?"

"괜찮습니다. 쿨리아에게 먹일 만한 피는 내게도 충분합니다. 어차피 밤에는 움직이지 않을 겁니다. 그 시간에 많은 체력을 보충할 수 있습니다. 쿨리아, 망설이지 마라."

쿨리아는 여전히 죄스러운 표정으로 허둥대다가 이내 결심을 굳힌 듯 바한의 손목을 깨물었다.

바한의 이마가 살짝 일그러졌지만 이내 정상으로 되돌아왔다.

밤의 적막을 깨는 기이한 소리가 사방으로 울려 퍼졌다.

몰란덱과 아무르, 고르고와 가빌라는 흡혈귀가 사람의 피를 빠는 진귀한 광경을 보느라 넋을 잃었다.

그들이 생각한 흡혈의 행위는 보다 잔인하고 무도한 광경이었다.

애초에 타인의 피를 빤다는 것 자체가 그들로서는 상상이 되질 않았던 것이다.

그러나 그들이 생각했던 것보다, 그 이상으로 흡혈의 행위는 고귀했다.

고귀함을 넘어 아예 퇴폐적이었다. 성적이라고 봐야 할 것이다.

야릇한 소리와 함께 마치 세상에서 가장 사랑하는 연인이라도 된 듯 쿨리아는 바한의 팔을 껴안은 채 정신없이 피를 탐닉했다.

아무르는 얼굴을 붉혔고, 고르고는 헛기침을 하며 고개를 홱 돌렸다. 몰란덱은 흥미로운 듯 계속 쿨리아의 흡혈을 쳐다보았고, 가빌라는 왠지 힘이 들어가는 하체를 조이느라 온 힘을 쏟아야 했다.

세상에서 몇 없을 미인의 얼굴을 한 흡혈귀가 피

를 빠는 모습은 굉장히 도발적이고 음산하면서 야릇하기 짝이 없었다.

"하아……."

잠잠했던 쿨리아의 두 눈이 어느 순간 흥분으로 새파랗게 변했다.

끈적끈적한 신음과 함께 그녀는 송곳니로 뚫린 작은 구멍을 연신 핥고 빨아 댔다.

그렇게 얼마나 지났을까.

고르고는 약간 걱정스러운 기색으로 아무르에게 귓속말을 건넸다.

"조금 과한 거 아닙니까?"

"뭐가요? 설마 이상한 생각하는 거예요?"

"아니, 그게 아니라. 내 말은 시간이 꽤 흘렀는데 바한이 괜찮을까 싶은 겁니다. 너무 많이 빨리는 것 같은데?"

아무르 역시 번뜩 깨달았다.

그러나 쿨리아의 표정은 변함이 없었다. 마치 황홀한 천상의 뭔가를 대하듯 환희에 미쳐 가는 얼굴이었다.

바한의 얼굴이 어둠 속에서 확연히 드러날 정도

로 하얗게 질려 갔다.

슬슬 걱정하는 일행들의 얼굴을 보며 그는 살짝 고개를 숙여 쿨리아의 귀에 대고 말했다.

"피가 더 필요한가?"

쿨리아의 새파랗게 빛나던 눈이 퍼석 깨졌다.

"헉!"

자신도 모르게 놀라서 뒤로 넘어간 그녀는 엉덩방아를 찧었다.

달빛조차 뚫지 못하는 광한수림 내의 어둠, 그곳에서 그녀의 눈은 본능과 이성 사이를 배회하며 파도쳤다. 그렇지만 생각보다 그녀의 이성은 강했다.

"고르고, 봇짐 속에 천이 있을 겁니다. 그걸 주십시오."

"네? 아, 예."

고르고에게 받았던 천으로 손목을 둘둘 감았지만, 바한의 손짓은 어쩐지 서툴렀다.

멍하니 바한을 쳐다보던 쿨리아는 고르고를 냅다 밀친 채 바한의 손목을 재빨리 휘감았다.

마치 죄를 숨기는 죄인의 행동처럼, 부모에게 걸

릴까 두려워 치던 장난을 멈추는 어린아이처럼 그녀는 벌벌 떨리는 손으로 그의 손목을 꼭꼭 감았다.

밀쳐진 고르고는 데굴데굴 굴러 아무르의 옆에서 멈추었다.

어이쿠 소리가 절로 나왔지만 그는 고개를 흔들며 정신을 차리는 걸로 만족했다.

"대, 대인. 괜찮으세요?"

"괜찮네. 피에 오랫동안 굶주렸던 모양이군."

"못난 소녀를 용서하십시오, 대인!"

"자네가 잘못한 것도 없고, 내가 용서할 것도 없어. 나흘 동안 날 업어서 온다고 고생이 많았는데 이깟 피 몇 방울 못 주겠는가. 괘념치 말게."

"아니에요, 아니에요! 이미 넘칠 만큼 많은 피를 취했는데도 제가 추한 본능을 다스리지 못해 대인을 힘들게 하였습니다. 부디 소녀를 벌해 주세요."

바한은 주위를 한 번 둘러보았다.

몰란덱과 아무르, 고르고가 보였다.

회색 늑대는 자신의 옆에서 조용히 엎드렸고, 가빌라는 등을 돌린 채 이상한 주문 같은 걸 외우고 있었다.

무슨 짓인지 알 수는 없지만 수상해 보이지는 않았다.

"그렇다면 부탁이 있네."

"당치도 않습니다. 부탁이라니요."

"고르고와 아무르는 비록 익숙해졌다고는 하나 아직까지 체력이 강한 사람들이 아니야. 물론 몰란덱이야 자네도 봤다시피 워낙 강건한 사람이고, 저기 이상한 행동에 몰두한 사내 역시 체력이 나쁘지 않네. 그렇지만 광한수림에 있으면서 안심하고 수면을 취한 적이 없어 심신으로 알게 모르게 지쳐 있다는 것 또한 사실이지. 잠을 청해도 항상 선잠으로 피로를 풀어야 했네."

"……."

"피를 조금 섭취했으니 기운이 날 것이네. 이제부터 난 아침까지 수면을 취할 것이고, 저들 역시 목표까지 가기 전 체력을 보충하기 위해 한 번은 편히 잤으면 좋겠다는 게 내 생각이네. 오늘 밤은 자네가 우릴 대신해 불침번을 서 줄 수 있겠는가?"

쿨리아는 이것도 부탁이랍시고 정중하게 말하는 바한을 보며 감격과 죄송스러움을 동시에 느꼈다.

흡혈을 하지 않아 제법 지친 건 사실이지만, 바한의 피를 섭취하면서 그녀는 다시없을 정도로 강렬한 힘이 온몸에 흐르는 것을 자각했다. 자신의 생명을 나눠 주면서도 부탁한다는 말과 함께 불침번을 서라 말하는 바한의 배려가 너무나도 고마웠다. 흡혈한 양을 생각하면 산신 호랑이를 때려잡아서 끌고 오라는 정도의 명령을 해도 냅다 실행해야 할 정도다.

"걱정하지 마십시오, 대인. 설령 무지개 사자의 군단이 오더라도 이곳만큼은 미동도 없이 지키겠습니다."

"믿음직하군. 고맙네, 그리고 부탁이 하나 더 있는데…… 방금 전에 했던 부탁의 연장선 같은 것이라고 보면 되겠네만."

"말씀만 해 주세요."

"자네 어둑서니를 부리더군."

쿨리아는 고개를 들어 바한을 바라보았다.

달빛처럼 하얗고도 푸른 흡혈귀의 눈동자가 고대, 지나친 파괴와 오만함에 의거하여 짐승으로 추락한 전신(前神)의 두 눈을 바라보았다.

짐승이 아닌 최초의 사람으로서 자각이 된 배신의 다른 이름.

"어둑서니를…… 아시나요?"

"그게 중요한 건 아닌 것 같네. 어둑서니는 자칫 잘못 부리면 많은 해가 되는 요물이지만, 잘만 부리면 모두의 축복이 될 수도 있는 요물일세. 수고스럽겠지만 어둑서니를 이용해서 나를 제외한 다른 이들을 깊게 재워 줄 수 있겠는가?"

묻고 싶은 것이 태산이지만 그녀는 상념을 지워냈다.

다시없을 은공이 한 부탁은 그녀에게 있어서 별로 대단한 것이 되질 않았다.

쿨리아는 납죽 엎드리며 고개를 조아렸다.

"그러하겠습니다, 대인."

"고맙네."

순간 어두웠던 광한수림에 한 꺼풀 더 짙은 어둠

이 가라앉았다.

몰란덱은 그렇게 생각했고, 아무르와 고르고는 아니라고 말할 수 없었다.

세상 모든 빛을 완전하게 가려 버린 태고의 어둠 앞에서 그들은 스르륵, 잠에 빠지는 걸 막지 못했다. 가빌라 역시 마찬가지로 잠이 들었다.

바한은 일행 모두가 잠이 드는 것을 보며 자신도 눈을 감았다.

"쿨리아."

"예, 대인."

"피가 부족하면 주저 없이 말하게. 억지로 참으면 병이 됨을 누구보다도 자네가 잘 알 것이네."

"……예, 대인."

‡ ‡ ‡

일행의 행군은 다음 날에도 그 다음 날에도 계속되었다.

삼색 욕망의 길을 뚫은 이후 본래의 계획보다 훨씬 앞당겨진 거리는 그들의 가슴을 두근거리게 만들기 충분했다.

일행은 약간 빠른 속도로 걸을 뿐 급박하게 움직여 체력을 낭비하지 않았고, 가끔씩 암습을 노리는 새끼 칼표범들의 송곳니와 발톱을 쫓아냈다.

그리고 며칠이 더 지나서…….

마침내 그들은 본래 광신자의 영역에 들어설 수 있었다.

이전에 맞이했던 어린 광신자들이 아닌, 노회하고 사냥 경험이 풍부한, 지혜로 충만한 성체 광신자들이 득실거리는 죽음의 영역에 들어선 것이다.

부활화 지점까지 남은 시간 21일이었다.

‡ ‡ ‡

맹수를 맹수라 부르는 까닭은 보통 유순한 동물들과는 달리 난폭하고 사나워 자칫하면 피를 부를 수 있기 때문이다.

맹수라고 불릴 만한 동물들의 대다수를 차지하는 식육목(食肉目)의 짐승들은 평범한 사람이라면 도무지 육체적으로 따를 수 없는 살상력을 가진 채 하루하루 사냥에 몰두하며 그 자신들만의 삶을 가꾸어 나가고 있다.

사람들 역시 함부로 맹수들을 건드리지 않으면서 각자의 삶을 영위하고 있는 것이다.

하지만 맹수들의 사냥감이 사람에게로 초점이 맞춰진다면 얘기는 달라진다.

특히나 그 맹수가, 이제는 멸종했다고 알려진 저 북쪽 머나먼 얼음 땅의 전설 스밀로돈이라든지, 용과 일전을 벌여도 두려움 없이 포효부터 지르며 공격한다는 산신 호랑이라면 심각하게 이야기를 진행해야 할 필요성이 있다.

달라무트는 몇 차례의 거친 경험을 통해 세상을 나름대로 파악했다고 생각했다.

오물로 뒤집어쓴 더러운 세상은 이론보다 행동이 우선이었고, 논리보다 힘이 우선이었다.

그가 느끼는 세상의 올바른 방향성은 그와 같았

다. 그래서 그는 소싯적 억지로 못된 산적들을 토벌하기 위해 병사들을 이끌고 출진했고, 많은 살상을 저지르며 이 또한 하나의 경험이자 공부라고 믿었다.

하지만 세상 그 어떤 경험을 해도 무산이 되어버리고야 마는, 그 앞이라면 설령 대지 위에 숨 쉬는 전 생물들이 조아려야만 하는 압도적인 존재를 눈앞에 두자 다리가 떨리고, 손이 떨리는 걸 막지 못했다.

그의 눈은 공포로 마비가 되고, 멋들어지게 기른 수염은 바람에 제멋대로 휘날려 위엄을 손상시켰다.

포효를 하는 것도 아니고 뛰는 것도 아니었다. 그저 천천히 걷는 것만으로도 이곳에 있는 모든 생물들이 다시없을 공포를 느꼈다. 산신 호랑이의 존재감은 실로 그러했다.

후방에서 다가오는 산신 호랑이를 보며 연신 짖기를 반복하던 스밀로돈과 표범의 군단은 초월적인 거대 괴수의 공포보다, 동포의 복수가 우선이라는 듯한 눈 가득 살기를 머금고 병사들을 향해 뛰어들었다.

날카로운 발톱과 단검보다도 크고 길며 예리한 그들의 송곳니는 한 명, 한 명의 목줄기를 뜯고 가슴팍을 찢어 냈다. 세상에도 정녕 지옥이라는 게 존재한다면 바로 이곳이 진짜 지옥이라고 모아라는 생각했다.

병사들의 칼과 창, 그 무엇으로도 회색 스밀로돈과 표범들에게 상처를 주지 못했다.

그들은 단단한 근육과 놀라운 회피술을 가진 천연 사냥꾼이었고, 공포로 인하여 본래 실력조차 발휘하지 못하는 겁쟁이들에게 냉정한 심판을 가하는 지옥의 사자였다.

발톱에 찢기고 송곳니에 뜯겨 강제로 시간이 정지당한 무수한 사람들.

죽어 나간 사람들의 수만큼 앞으로 가능성이 무궁무진했던 미래들 역시 빛을 잃는다. 모아라는 이 압도적인 살상에도 자신의 다리가 빠르게 움직인다는 사실에 기쁨을 느낄 사이가 없었다.

그녀는 눈물과 콧물이 범벅이 된 채로 도망쳤다. 도망치고 또 도망쳤다.

몇 번이나 넘어졌지만, 그녀는 피가 흐르는 무릎을 싸맬 생각 역시 할 수 없었다.

한 번이라도 다리를 쉬면 온몸이 찢어진 채로 처참한 죽음을 맞이하게 될 거라는 공포가 그녀의 마음을 억죄고 있었다.

사방으로 병사들이 흩어졌다.

자연에서 태어난 근본적인 야수성 앞에서 병사들은 동료들마저 내팽개치고 걸음아 살려라 하며 도주했다.

이 순간 병사들은 물론 모아라 역시 하나만큼은 다짐할 수 있었다.

태어난 이후 이렇게까지 빨리 달려 본 적은 처음이었다고. 그렇지만 왜 이렇게 느리게 느껴지는지 모르겠다고.

도주하는 속도는 놀라우리만치 빨랐지만, 후방을 습격하는 짐승들의 발톱과 송곳니 역시 무서울 정도로 빨랐다.

살육의 연회장이었다.

자신이 무슨 정신을 가지고 있는지, 어디로 가는지, 어떻게 계획을 짤 것인지조차 모른 채 모아라는 달렸다.

그때 그녀의 등 뒤로 엄청난 포효 소리가 터져 나왔다.

크허허헝!

하늘을 뒤집고 땅을 가르는 진동이었다. 살아 움직이는 생물들의 발걸음을 강제로 멈추게 하는 괴물의 명령이 여기에 있었다.

모아라는 자신도 모르게 그 자리에 주저앉았다. 자신이 소변을 눴다는 것조차 인지하지 못할 만큼 그녀의 정신은 황폐해졌다.

돌아가지 않는 몸을 억지로 돌리고서, 그녀는 볼 수 있었다.

기름을 발라 연신 타오르는 불꽃들은 쓰러지고 엎어져 나무의 이곳저곳에 옮겨붙었다. 마치 누가 빠르게 나아갈 수 있을까 경주라도 하듯, 어둠을 밝히는 고약한 광채들이 삽시간에 퍼져 나갔다. 그 너머에서 온갖 병사들을 학살하던 거대 괴생물체에게 회색의 복수자들이 덤벼들었다. 일전 겁을 먹었던 표범들은 물론이거니와, 송곳니의 크기가 어지간한 성인 팔뚝 길이에 준할 만한 스밀로돈의 군단이 거대한 호랑이에게 덤벼들었다.

신화와 신화의 접점.

구전으로 내려오는 민담이나 도착적인 소설가가 집필해 낸 소설 속에서 태어날 법한 말도 안 되는 광경이 그녀의 눈앞에 펼쳐졌다.

수많은 괴수들이 한데 엉켜서 피 튀기는 살육전을 벌이고 있었다.

모아라는 다시 달렸다.

온몸에 피가 흘렀지만, 상관하지 않고 달렸다.

차라리 누군가가 자신의 목을 따 주었으면 좋겠다고 생각하며 그녀는 달리고 또 달렸다.

목이 타고 배가 고픈지도 모르고, 폐와 심장이 터질 것처럼 난동을 부려도 계속 달렸다. 달이 지고 다시 해가 뜸에도 불구하고, 그녀의 달리기는 멈추지 않았다. 근육이 강제로 그녀를 정지시키자, 그녀는 팔로 기어서 그 자리를 벗어나고자 했다.

온몸은 상처투성이, 두 눈은 잔여 공포로 넋이 나간 채로.

모아라는 정신을 잃었다.

정신을 잃기 전 그녀가 마지막으로 보았던 광경은, 한 마리의 회색 늑대를 거느린 대여섯 명의 사람으로 구성된 묘한 집단이었다.

〈『신의 반란』 제4권에서 계속〉

「Bahan」

「*Molrandeck*」

「*Amur*」

신의 반란

1판 1쇄 찍음 2014년 1월 22일
1판 1쇄 펴냄 2014년 1월 27일

지은이 | 산수화
펴낸이 | 정 필
펴낸곳 | 도서출판 **뿔미디어**

편집장 | 이재권
기획 · 편집 | 윤영상
편집디자인 | 이진선

출판등록 | 2002년 9월 11일 (제1081-1-132호)
주소 | 부천시 원미구 상3동 533-3 아트프라자 503호 (우)420-861
전화 | 032)651-6513 / 팩스 032)651-6094
E-mail | bbulmedia@hanmail.net
홈페이지 | http://bbulmedia.com

값 8,000원

ISBN 978-89-6775-998-8 04810
ISBN 978-89-6775-939-1 04810 (세트)

※파본은 구입하신 서점에서 교환하여 드립니다.

http://www.bbulmedia.com

http://www.bbulmedia.com